# BENDITA CALAMIDAD

MIGUEL MENA

# Bendita calamidad

ALBA

ALBA JOVEN

COPYRIGHT © Miguel Mena, 1994
La primera edición de esta novela se publicó en Mira Ediciones en 1994

© DE ESTA EDICIÓN: **ALBA EDITORIAL, s.l.u.**
Baixada de Sant Miquel, 1 08002 Barcelona
**www. albaeditorial.es**

DISEÑO: Pepe Moll de Alba

DECIMOCUARTA EDICIÓN: septiembre de 2016

ISBN: 978-84-88730-97-8
DEPÓSITO LEGAL: B-20.594-2011

IMPRESIÓN: Liberdúplex, s.l.u.
Ctra. BV 2241, Km 7,4 Polígono Torrentfondo 08791 Sant Llorenç d'Hortons (Barcelona)

IMPRESO EN ESPAÑA

*Para Alicia, Iria y Jorge,*
*que tienen edad y ganas de aventuras.*

Gracias a Joaquín Casanova, Ignacio Martínez de Pisón, Félix Romeo y Mercedes Ventura.

En el camino de Zaragoza hacia Castilla, entre las villas de Borja y Tarazona, se alzan las montañas que llaman el *Moncayo* y allí dicen que suceden tantos misterios que es como si todo el lugar estuviera encantado.

B. Scott Boulder,
*En viaje por la Península Ibérica*

# I
# JUEVES

La víspera de San Agustín la ciudad de Tarazona despertó con cierto olor a chamusquina y una especie de gelatina viscosa que pringaba la acera del ayuntamiento.

Era el día grande en la capital del Moncayo y, como todos los años, durante la madrugada los operarios municipales trabajaron duramente para envolver en plástico la fachada del consistorio. Cada 27 de agosto ese punto se ocultaba tras un velo transparente. Era la única manera de impedir que la fiesta estuviera reñida con el arte porque al dar las doce, por la puerta de la casa consistorial, saldría corriendo el *Cipotegato*: la máscara bufa que señalaba el inicio de las fiestas recibiendo sobre su cuerpo una lluvia de tomates.

Como hacía años que nadie se conformaba con bombardear al personaje arlequinado y la plaza entera probaba su puntería arrojando tomates a todos los balcones, se instalaba aquella protección de urgencia para evitar que las hortalizas se incrustaran entre las bestias, los soldados, los caballeros y los reyes representados en el gran friso del edificio.

Pero esta vez el dispositivo falló, o mejor dicho fue anulado: poco antes del amanecer, cuando el plástico acababa de instalarse, una mano anónima lanzó un par de cócteles incendiarios. El enorme impermeable se derritió en unos segundos y no quedó más recuerdo suyo que los goterones negruzcos caídos sobre el suelo.

El alcalde fue despertado inmediatamente. Bajo el sobresalto, en plena indignación, no tuvo la menor duda: querían arruinarle las fiestas, luego pretendían arruinarle a él. Pero no iba a rendirse a ningún vándalo.

Dio instrucciones para despertar a todos sus concejales, convocó reunión urgente en su despacho y cuando aún faltaban tres horas para el chupinazo ya habían tomado una resolución y redactaban un bando. En él expresaban su repulsa por el atentado, anunciaban que la fiesta empezaría puntualmente e invitaban al vecindario a disfrutar del jolgorio, pero rogaban que no se lanzasen tomates contra «esa joya querida por todos que es nuestra fachada, hoy lamentablemente desprotegida».

A la hora de la verdad, el número de los que obedecieron el ruego no superó las dos docenas. Las otras cinco mil personas que se citaron al mediodía optaron por no hacer mucho caso. El edificio y sus ocupantes constituían un blanco demasiado espectacular como para negarle un buen tomatazo.

Mucho antes de la salida en tromba del *Cipotegato*, el jugo de tomate comenzó a escurrir por los relieves de la pared. Un policía municipal utilizó un megáfono para solicitar un poco de respeto y comprensión con «aquel patrimonio de todos». Pero alguno debía de ser foráneo porque, en plena alocución, un tomate voló hasta incrustarse en el altavoz y hubo que sujetar al guardia para que no tirase el megáfono sobre los peñistas. Estaba furioso. Pero la masa era incontenible.

Los invitados que poblaban los balcones municipales tardaron más de lo habitual en asomarse. A falta de la protección del plástico, siendo casi todos ellos gente aseada, no querían exponerse voluntariamente al tomatazo. A lo más que llegaba algún valiente era a asomarse con disimulo para observar cómo estaba el ambiente, cómo se iniciaba la batalla por abajo. Pero en seguida reculaba por el bien de su camisa.

El alcalde ni siquiera quería echar un vistazo: el disgusto le nublaba la vista. Se consumía calculando cómo iba a quedar el friso tras el paso de la marabunta. Toda su ilusión era que el tiempo pasara rápido, que el *Cipotegato* saliera a mil por hora y que arrastrara tras de sí a todos los que estaban ensuciando su palacio. Entonces sí se asomaría, como harían todos, porque en ese momento los de la calle estarían muy ocupados y los de la balconada podrían disfrutar del panorama sin mucho riesgo.

El tiempo se hizo muy largo para quienes ansiaban ese momento, pero al fin las agujas se abrazaron en el mediodía y al sonar la última de las doce campanadas se produjo el éxtasis: los amigos de quien hacía el papel de *Cipotegato* se encadenaron entre sí, abrieron a empellones un pasillo entre la multitud y entonces salió corriendo la máscara con su uniforme chillón: verde, rojo y amarillo. Hubo un clamor; un gran rugido. La masa de gente se movió como una ola y fue cimbreándose allá por donde pasaba el *Cipotegato,* mientras se alzaban cientos de brazos y por todas partes volaban los tomates.

Cuando todo eso sucedía al ras del suelo, arriba se produjo un movimiento hacia delante de todos los invitados para no perderse lo más espectacular. Entre los arcos empezaron a aparecer cabezas. Poco más o menos las de siempre y ocupando sus lugares tradicionales.

A la izquierda del reloj apareció el alcalde y junto a él, como casi todos los años, varios de sus invitados: el alcalde de la ciudad hermana de Orthez, el de la ciudad vecina de Tudela, el obispo y el conocido industrial, e hijo predilecto de la villa, Pablo Benítez Modrego, propietario de un próspero negocio de electrónica, con fábricas en Zaragoza, Valladolid, Albacete y Tánger, cuyo origen estaba en un pequeño taller familiar abierto por su padre cincuenta años antes en Tarazona. Todos ellos, y las otras decenas que poblaban la galería, asomaron la frente al mismo tiempo; pero no todos los que estaban en la plaza centraron en ese momento su puntería en el *Cipotegato*.

Desde algún lugar indescifrable de aquel desbarajuste partió un proyectil en dirección ascendente. Pablo Benítez fue el único que lo vio venir: se echó hacia atrás, exclamó algo que quedó ahogado en el griterío general y después contempló cómo el supuesto tomate volador se estrellaba en la frente del obispo y en lugar de un «chof», seguido de un chorrito de jugo, se oía un «crak» acompañado por el brote espontáneo de la sangre.

El sacerdote se desplomó como un fardo en medio del desconcierto de sus vecinos de palco. Hubo sorpresa y gritos, y perplejidad absoluta al recoger del suelo el objeto que había impactado en la cabeza del obispo y ver que aquello no era un tomate, sino una bola metálica pintada de colorado.

El alcalde fue el primero en socorrer al herido, pero apenas tuvo tiempo para intentar reanimarlo: de repente se plantó a su lado un hombre joven que venía pidiendo paso.

–¡Aparten! ¡Déjenme pasar que soy médico!

Como no era cuestión de pedirle el carnet, aunque nadie le conocía ni portaba ningún elemento que le identificara, todo el mundo se apartó dejando al supuesto galeno que atendiera a la víctima.

Sin embargo, al llegar allí, el médico miró al obispo y se quedó paralizado. Luego miró a todos los que tenía a su alrededor y detuvo sus ojos en Pablo Benítez. Aquellos instantes de duda se hicieron eternos para el alcalde, quien fuera de sí, y temiéndose lo peor por aquel gesto, gritó desaforadamente:

–¡Pero atiéndale, hombre, atiéndale que igual nos lo han matado!

El grito sacó al médico de sus vacilaciones, se inclinó con toda diligencia sobre el herido y, antes de mirarle nada, ya estaba gritando que aquel hombre debía ser evacuado.

–Hay que llevárselo de aquí cuanto antes porque puede tener una lesión cerebral o un derrame. ¡Rápido, ayúdenme a sacarlo! Esta herida puede ser muy grave.

Varios brazos obedecieron la orden, cogieron al obispo y corrieron escaleras abajo, detrás de un guardia que iba abriéndoles paso y seguidos por el médico.

–¡Por la puerta de atrás! ¡Hay que salir por la puerta de atrás!

El doctor marcó el rumbo y todos le siguieron. Cuando el grupo salió a la placita de la parte posterior del ayuntamiento, una ambulancia estaba aguardándoles. Nadie preguntó quién la había llamado. El médico se precipitó a abrir la puerta trasera, pidió que metieran por allí al obispo y después entró y se acomodó a su lado.

El conductor no solicitó instrucciones. Tenía el motor en marcha y estaba tenso y sudoroso. Esperaba ese momento.

Arrancó hacia abajo a toda velocidad, por la estrecha calle del Conde. Pero al llegar a la esquina hubo de frenar en seco: precisamente por allí circulaba la comitiva del *Cipotegato.*

–¡La madre que los parió! ¿Y ahora qué hago? –gritó con desesperación Anselmo Moreda aferrado al volante.

–¡La sirena, hombre! ¡Dale a la sirena! –contestó, también a voces, Antonio Oreste, el supuesto médico de aquella operación.

Anselmo, que oía la voz de su cómplice pero sólo era capaz de ver lo que tenía delante, se aturdió por completo ante aquel gentío y en su precipitación, en lugar de la sirena, hizo sonar profusamente el claxon. Comprendió el error que había cometido cuando los que estaban frente a él, en lugar de abrirse para dejar paso, tomaron los bocinazos por un desafío y la emprendieron a tomatazos con el vehículo de la Cruz Roja.

Demasiado para los nervios de Moreda: metió la marcha atrás y aceleró a tope para desandar los pocos metros que había recorrido. A pesar de la velocidad y el atolondramiento, al girarse para dirigir la maniobra tuvo tiempo de ver fugazmente al herido que llevaba.

–¿Pero quién es ese tío? –exclamó sin levantar el pie del acelerador y ahora, por la sorpresa, doblemente asustado.

–¡Tú calla y corre, que luego te lo explico! –ordenó Oreste mientras hacía tragar al obispo media docena de pastillas para dormir.

Anselmo retrocedió hasta la puerta trasera del ayuntamiento y allí realizó un espectacular giro para salir hacia arriba, en dirección contraria a la que antes había tomado.

Los dos policías municipales que observaron la maniobra, el de plantón y el que había bajado con el herido, dudaron si convenía salir a abrirles paso.

–¡Menudo día para tener una urgencia! –dijo uno de ellos.

–¡Y que lo digas! Y encima con el obispo.

–¿Pero qué ha pasado?

–Pues no me digas. O le ha dado algo o le han dado con algo. Desde luego el hombre iba sangrando.

–Ya me he fijado.

–Y menos mal que estaba el médico.

–¿Qué médico?

–No sé quién es. El que ha montado con él en la ambulancia.

–¿Ése es médico? Pues por aquí ha pasado cuando entraban los de la televisión y ha dicho que él también era periodista y que venía a hacer un reportaje.

–¿Ah, sí? Pues ya ves lo que hace la gente para colarse a ver el *Cipotegato*. ¡Un médico haciéndose pasar por periodista! ¡Lo que no harán! Así están los balcones, que no cabe un alma. Por cierto, ¿quién ha llamado a la ambulancia?

–La ambulancia estaba aquí desde hace rato. Yo he pensado que era cosa del concejal. Como los de protección civil son tan quisquillosos...

–Pues hombre, no ha venido mal. ¡Ya ves qué casualidad!

■

Mientras ambos guardias se interrogaban por el origen de la ambulancia, ésta recorría a una velocidad homicida las calles estrechas del casco antiguo. Primero enfiló hacia la torre de la Magdalena, giró a la izquierda, pasó rozando las paredes del arco donde se iniciaba la cuesta de Palacio y bajó por allí como perseguida por el diablo. Volaba por las calles alejadas de la fiesta.

Cruzó sobre el río Queiles y después pasó junto a la silueta octogonal de la vieja plaza de toros antes de salir a la carretera. Tardó poco en llegar a la vía de escape que buscaba: la avenida de Navarra. Pero el acelerón que dio al entrar en ella se convirtió demasiado pronto en un frenazo: unos metros por delante, ocupando toda la calzada, desfilaba con despreocupación una charanga.

Esta vez Anselmo sí dio con la sirena y eso le libró de tener que recorrer toda la avenida a la velocidad punta del pasodoble «Paquito el Chocolatero», pieza que en ese momento interpretaba la banda.

Los destellos anaranjados de la alarma fueron suficientes para conseguir que los músicos se apartaran (sin dejar de tocar una nota) y en pocos segundos la ambulancia aceleraba todo lo que podía dar de sí y abandonaba Tarazona. Era el momento de reanudar el interrogatorio.

–¿Me quieres decir ahora qué ha pasado y quién es ese que llevamos?

Anselmo, a quien le había tocado el papel de chófer en el plan para secuestrar a Pablo Benítez Modrego, tenía el corazón a mil por hora antes de empezar el baile, pero aún se le disparó más cuando, en el breve vistazo que dio a la camilla, se percató de que el hombre que transportaba no era ni Pablo, ni Benítez, ni Modrego.

–Pues no estoy seguro –sonó desde atrás la voz de Antonio Oreste–, pero me parece que es el obispo.

Anselmo Moreda, que se había estrenado esa misma madrugada como delincuente, quemando el plástico del ayuntamiento y robando la ambulancia en el puesto de la Cruz Roja de Calahorra, sintió que su carrera delictiva era demasiado corta para ser tan desgraciada. Salir al secuestro de un industrial y volver a casa con un obispo era como para convertirse en la oveja negra del hampa internacional.

–¡El obispo! ¿Pero para qué queremos secuestrar al obispo de Tarazona?

–Eso se lo tendrás que decir a tu hermano, porque me parece que le ha fallado la puntería. ¿No decías que no fallaba una? Pues a Benítez no le ha dado. ¿Te crees que yo no me he llevado una sorpresa? En cuanto se arma el follón, allí me tienes a mí gritando que me dejen pasar. Y cuando me planto para recoger a Benítez descalabrado, me lo encuentro de pie, tan fresco, y este otro tumbado, sin conocimiento. ¿Qué querías que hiciera? ¿Que dijese que me había equivocado y que con enfermos así no era médico? Pues no señor, he tenido que seguir con el juego. ¡A la fuerza! No tenía más remedio.

–¿Y ahora qué hacemos?

–Tú sigue con el plan que ya se nos ocurrirá algo. Después de lo que nos ha costado, habrá que sacarle algún provecho.

En eso parecían estar de acuerdo: no se urde un plan tan minucioso para que un pequeño error de puntería arruine en un segundo lo que se ha concebido durante meses.

■

Oreste y los hermanos Moreda, Anselmo y Ricardo, empezaron a tramar el secuestro en mayo en el despacho de Antonio Oreste, en una vieja calle del centro de Zaragoza. Oreste lo denominaba «su bufete», pero entre los vecinos era conocido como «el cuartucho».

Anselmo y Ricardo habían contactado con Oreste un año antes, cuando un problema con su bar les hizo precisar de asesoramiento legal. Un cliente les habló de él.

«Es de los baratos», dijo. Lo que no les contó era que Oreste había pasado una temporada entre rejas por su relación con un constructor fugado tras una suculenta estafa.

Pero tampoco los Moreda estaban en condiciones de exigir pureza de sangre. Para sacar adelante su disco-bar se habían pringado hasta las cejas en asuntos turbios. Pero las amistades peligrosas que frecuentaron para sacar a flote el negocio no les sirvieron para evitar la clausura del local por líos con el vecindario. Encima les exigieron el dinero prestado si no querían tener más problemas además de los legales. Problemas con puntos de sutura, para ser más exactos.

Llegados a ese extremo, ya no podían pagar ni a su abogado. Un abogado que también acumulaba muchas deudas y no pocas amenazas, además de una enorme facilidad para mezclarse en toda clase de chanchullos. En esas condiciones, estaban condenados a entenderse. Por eso los Moreda estuvieron muy receptivos cuando Oreste, como fruto de su experiencia carcelaria, empezó a bromear sobre algunas maneras rápidas y seguras de ganar dinero. De todas ellas, les pareció que la más cómoda y rentable era el secuestro.

La toma de rehenes con fines económicos se había prodigado tanto durante los últimos meses que la policía no daba abasto para atender todos los casos. Según Oreste, bastaba con elegir bien, ser imaginativo y no pecar de excesivamente avaricioso para garantizar un resultado positivo.

Una vez que, en pleno agobio, los Moreda estuvieron convencidos, ellos mismos se encargaron de anotar el nombre de la víctima.

Al ser originarios del pueblo de Los Fayos, de donde descendía por vía materna Pablo Benítez Modrego, conocían su fama de ser el hombre más rico que había salido de la comarca. También sabían que no se perdía un solo año el comienzo de las fiestas de San Atilano en Tarazona y que contemplaba desde el ayuntamiento la salida del *Cipotegato*. Era el momento en el que estaba más desprotegido y sólo había que saber aprovechar el tumulto para llevárselo.

Llegados a ese punto, les costó muy poco trazar el resto del plan: había que eliminar el plástico que protegía los balcones para que Ricardo Moreda, que tenía la mejor puntería de toda la comarca, derribara al industrial con un proyectil que pasara desapercibido entre el vuelo de miles de tomates. Oreste, como falso médico, y Anselmo, en la ambulancia, se encargarían del resto. Y todo habría sido perfecto si la bola de metal no se hubiera desviado diez centímetros de su objetivo. Los diez centímetros por los que quien finalmente viajaba en aquella ambulancia era el obispo de Tarazona.

■

Ahora el problema era qué hacer con aquel visitante inesperado. Dado que la situación no era la más adecuada para que surgiera una idea luminosa, Antonio Oreste y Anselmo Moreda siguieron punto por punto el plan previsto. Sólo cambiaba el nombre del protagonista.

A los cinco minutos de dejar Tarazona tenían a la vista el pueblo de Novallas. Justo antes de entrar en él, Anselmo giró a la izquierda y entró por el camino del cementerio. Allí, a la sombra de unas naves vacías, estaba aparcada la furgoneta que habían preparado para el cambio.

No había un alma alrededor, como no fuese la de

alguno de los fieles difuntos. Ni siquiera un perro. Era lo que habían previsto.

Anselmo bajó de prisa, abrió las puertas traseras de la furgoneta y luego ayudó a Oreste a sacar la camilla con el obispo. Por lo menos en algo habían tenido suerte: el prelado era menudo y no tenía una gota de grasa. Se trataba de un rehén sumamente manejable.

En diez segundos lo trasladaron a la colchoneta preparada en la parte trasera de la furgoneta, donde no había ventanas. Aunque el cura dormía como un tronco, cubrieron sus ojos con unas gafas opacas, bien tapadas por los lados, colocaron un esparadrapo transpirable sobre su boca y lo esposaron a uno de los laterales. Después arrancaron a toda velocidad dejando abandonada la ambulancia.

Al llegar al cruce, la furgoneta se colocó como si fuera a salir en dirección a Tudela. Sin embargo, esperó a que no viniera ningún coche en ambos sentidos y arrancó haciendo un gran bucle sobre la carretera: después de orientarse hacia la izquierda, giró todo el volante al lado contrario y retornó al carril derecho para volver a Tarazona. Con esa maniobra, Anselmo pretendía despistar a sus perseguidores: si se guiaban por las marcas de los neumáticos sobre la tierra, pensarían que habían partido en dirección a la autopista. Lo más lógico para alguien que pretendiera huir aprisa. Lo que no podrían comprobar era el cambio de dirección efectuado sobre el asfalto. Y además nadie pensaría que, después de llegar allí, los secuestradores volverían hacia el lugar de los hechos.

Eso era exactamente lo que iban a hacer: según Oreste, había que echarle imaginación y lo mejor para despistar a la policía era ir a contracorriente y hacer lo contrario de lo que la lógica aconsejara.

Y por si todos esos motivos no fueran suficientes, además había que recoger a Ricardo.

Todo fue tan rápido que cuando entraban otra vez en Tarazona la charanga seguía en la avenida de Navarra. Ahora no podían valerse de ninguna sirena, así que aguantaron el atasco y recorrieron despacio la calle, sorteando no sólo a los músicos, también a los grupos de jóvenes que, cubiertos de tomate hasta las pestañas, descendían de la plaza de España para esparcirse por todos los rincones.

Anselmo, que daba la cara desde su puesto de conductor, iba en vilo. Oreste, a cubierto en la parte trasera, estaba un poco más tranquilo. El obispo sólo era un fardo durmiente.

Se detuvieron un instante frente a la catedral, ante un «ceda el paso».

–Como me reconozca alguien... –dijo Anselmo, que por todo camuflaje se había puesto unas gafas de sol.

–A ti no te ha visto nadie –replicó Oreste desde el interior–. A mí sí, pero aún tardarán un rato en darse cuenta de lo que ha pasado. La gente tiene muy pocos reflejos cuando está de fiesta.

«Ojalá se emborrachen todos —pensó Anselmo—, empezando por la guardia civil.» Precisamente estaba a punto de pasar por delante del cuartel y ésa era una buena prueba para saber si había alguna reacción oficial.

Supuso que no, porque al mirar de reojo vio que el guardia de la puerta estaba hurgándose la nariz. «No parece en estado de alerta», pensó para serenarse.

Le faltaba muy poco para llegar al punto donde debían recoger a Ricardo. La cita era en el aparcamiento del hotel Las Brujas, al salir del pueblo.

Ricardo Moreda acababa de llegar y les esperaba en la parte posterior, de pie junto a un seto.

Con toda la tranquilidad que pudo, Anselmo maniobró para recoger a su hermano y salir otra vez a la carretera.

Ricardo se sentó en el asiento del copiloto. Llevaba la camiseta teñida de un rojo desleído y en el cabello brillaban pequeñas pepitas de tomate.

–¿Todo bien? –preguntó nada más sentarse.

–Casi –contestó su hermano sin mirarle.

–¿Cómo que casi?

–Pues nada, que ha habido un pequeño error de cálculo.

Ricardo no esperó a que su hermano detallara el fallo. Apartó la cortina que ocultaba la parte posterior y se asomó. Había un hombre tumbado y junto a él estaba Antonio Oreste.

–Aquí tienes lo que nos has mandado –dijo el abogado.

Ricardo miró detenidamente a aquel hombre vestido enteramente de gris marengo.

–¡Pero éste no es Modrego! –exclamó perplejo.

–¿Tú has visto alguna vez un empresario que lleve esto? –dijo Oreste, señalando la tira blanca en el cuello del obispo.

–¡Un cura! –gritó Ricardo–. ¡Es un cura!

–Poco más o menos.

Mientras Ricardo no salía de su asombro, la furgoneta abandonó la carretera de Zaragoza y se introdujo por otra más estrecha cuyo cartel indicador señalaba a cuatro kilómetros el pueblo de Grisel.

Por ese camino, yéndose de lado a lado en sus muchas curvas, Anselmo y Oreste pusieron a Ricardo en antecedentes de quién era aquel que estaba allí y cómo no les había quedado más remedio que seguir adelante.

con el plan. Oreste incluso cuestionó el juego de muñeca del tirador.

–¡Así que donde ponías el ojo ponías la bola! Pues menos mal que no has apuntado al alcalde, porque seguro que le dabas al comandante de la guardia civil.

–¡Te juro que he visto la bola de hierro a punto de darle en la frente a Modrego! Se habrá movido en el último momento y éste estaría al lado. Ha sido casualidad, porque yo a esa distancia no fallo. Eso te lo puede decir Anselmo. ¿Y ahora qué hacemos? Habrá que soltarle, ¿no?

–Pues no –replicó Oreste–. Eso es precisamente lo que no podemos hacer ahora. Si actuamos con tanta precipitación, entonces seguro que nos pillan. Hay que seguir adelante; por lo menos un par de días más, y luego ya veremos.

–Yo no lo veo muy claro –apuntó la voz del conductor.

–Pues claro que sí, hombre –hablaba el abogado–. Si lo soltamos ahora, lo encuentran en media hora y así, en caliente, es mucho más fácil reconstruir nuestros pasos y cazarnos. Hay que jugar un poco al despiste. Y además habría que pensar si podemos sacar algo.

–Éste no tendrá cuatro duros –dijo Ricardo.

–No hace falta que los tenga él –aclaró Oreste–. Basta con que los tenga la Iglesia.

–Ya, pero no por eso van a pagar.

–Eso está por ver. De todas maneras, no sólo por dinero se puede canjear a un secuestrado. También hay cosas como las joyas y los cuadros, y de eso tienen un rato. Por no hablar de dedicar la recaudación de las misas de un domingo para soltarlo. No sé las parroquias que hay en España, pero tiene que salir un dineral. Y luego está también que a lo mejor es más fácil negociar con intermediarios en el Vaticano, que parece un terreno como más discreto. En fin, que hay que mirarlo muy bien; que hay que pensárselo.

La versión eclesiástica del cuento de la lechera no convencía del todo a los hermanos. Pero tampoco sabían muy bien qué hacer y ya estaban entrando en Grisel, donde habían preparado su escondite.

Atravesaron el pueblo por el único camino posible y luego se desviaron a la derecha para subir hacia el chalet que se veía bajo el depósito del agua.

En ese tramo no se asomó ninguno de los sesenta habitantes de Grisel. Por eso aún les extrañó más ver gente alrededor del chalet, y un coche aparcado en la puerta.

Aquella casa era de Marcos Moreda, tío de Anselmo y Ricardo. Vivía en Barcelona y sólo iba por allí en el verano. Pero en los tres últimos años no había aparecido. Ahora prefería la playa. Anselmo y Ricardo tenían las llaves. Su tío les había pedido que las guardaran por si pasaba algo. Ellos eran, de toda la familia, los que vivían más cerca. También les dijo que podían ir siempre que quisieran, cosa que no habían hecho nunca: hasta que se les ocurrió el secuestro y pensaron que aquella casa sería un lugar perfecto para esconderse. Estaba tan cerca de Tarazona que difícilmente buscarían allí. Así también reducían casi a cero el espacio de huida por carretera, siempre muy arriesgado.

La tercera ventaja era lo muy discreto del lugar donde se hallaba, pero ese detalle contrastaba con lo que veían al aproximarse.

Cuando la furgoneta giró junto al peirón de San Roque, la gran columna que marca el límite del pueblo, y se adentró por el camino de tierra hacia el chalet, Anselmo y Ricardo comprobaron con preocupación que, efectivamente, había un adulto sentado en el porche, leyendo un periódico, y a su alrededor correteaban varios niños.

–Aquí pasa algo raro –masculló Anselmo mientras apagaba el motor.

–¿Más cosas? –se oyó preguntar a Oreste desde atrás.

–Voy a ver qué pasa –dijo Ricardo.

Descendió de la furgoneta y se encaminó hacia el hombre, que levantó la vista del periódico para mirarle. Los niños no le prestaron atención.

–Oiga, esto es una finca particular –dijo Ricardo como único saludo.

El hombre sonrió.

–¡A mí me lo vas a decir! –exclamó–. Yo soy el que la ha alquilado.

–¿Alquilado? El dueño es mi tío, y que yo sepa nunca alquila el chalet.

–Pues ya ves lo poco que conoces a tu tío.

–Pero es que yo... yo necesitaba la casa.

–Bueno; nosotros nos vamos dentro de diez días. Ni un minuto antes porque ya está todo pagado. Habla con la agencia que nos la alquiló. Es de Barcelona; se llama Tucán y gestiona alquileres de chalets por todo el país. A lo mejor te puede encontrar otro por esta zona.

«Sí, a lo mejor hasta los tienen con zulo incorporado», pensó Ricardo. También pensó algunas cosas sobre su tío que ponían en grave peligro la relación familiar. Pero no dijo nada: se despidió del hombre y volvió a la furgoneta a grandes zancadas. Después montó sin disimular su mal genio.

–¡Vámonos! –exclamó–. Hoy no es mi día.

–¿Pero qué pasa? –preguntó su hermano.

–¡Que qué pasa! Pues pasa que el tío Marcos ha dejado el chalet a una agencia para que lo alquilen y no nos ha avisado. Eso es lo que pasa. Así que arranca, porque sólo me falta que el tipo éste se quede con mi cara.

–¡Qué desastre! –masculló Oreste desde la parte trasera–. ¡Qué completo desastre! ¿Para esto me ha servido la actuación que me he pegado? ¿Es que no podíais haber venido un par de días antes para ver que todo estaba en orden?

Anselmo puso en marcha el motor e inició la marcha atrás. Oreste seguía quejándose.

–¡Esto es un desastre total!

–Vale, hombre, vale. La culpa es nuestra, pero ya no se puede hacer nada –dijo Ricardo.

–¡De eso nada! Yo no he llegado hasta aquí para volverme de vacío. ¡Pero estáis tontos o qué! ¿Es que no sabéis a quién debéis dinero? ¿Queréis que os recuerde lo que le pasó a Romero, el del restaurante?

La furgoneta se detuvo en el cruce de caminos. Los Moreda no contestaron a la pregunta. Oreste siguió con el discurso.

–Tres años lleva criando malvas y aún tiene que estar toda la familia saldando la deuda. ¡En Cádiz se había escondido el tío, y lo encontraron! Y encima la policía cierra el caso y da por bueno que se tiró desde un décimo piso. Si debes pasta, ni se molestan en investigar. Pero de sobra sabéis vosotros quién le dio el empujoncito. Así que muy bien, soltad al obispo si queréis, pero antes pedidle que os confiese porque, como no os toque la lotería, de aquí a dos meses alguno está dando de comer a los gusanos.

Anselmo y Ricardo se estremecieron ligeramente con los pronósticos de su abogado. Sabían que no mentía. También sabían que tenía muy mal perder y que no convenía enfrentarse con él: era un socio muy capaz de pasarse al enemigo.

–Entonces, ¿qué quieres que hagamos? –dijo Ricardo.

–¡Que aguantéis! Que aguantéis por lo menos dos o tres días. Sólo tenéis que buscar un escondite. Mientras tanto yo me voy a Zaragoza y me entero de cómo ha sentado la noticia y cuánto se dice que pueden dar por éste. Dejadme hacer algunas gestiones para ver cómo podríamos cobrar algo. Aunque sea poco, pero algo. Ya que nos la estamos jugando, por lo menos habrá que sacar algún beneficio. Y este tipo tampoco es un «pelao». Tiene un cargo, o sea, hay gente que se va a preocupar por él. Bueno, ¿qué?, ¿aguantamos un par de días?

¿Acaso les quedaba otra alternativa? Quizá emigrar a un país recóndito y lejano, pero incluso para eso se necesitaba dinero y los Moreda tenían embargado hasta el aliento.

–¿Qué hacemos? –dijo Ricardo mirando a su hermano–. ¿Nos arriesgamos?

–No sé. No lo veo nada claro; pero si quieres... como mucho tres días.

–Muy bien; así me gusta –celebró Oreste.

–Pero ya me dirás dónde nos escondemos ahora –puso como objeción el propio Anselmo.

–Vosotros sois de la zona: tenéis que conocer alguna cueva o alguna casa abandonada. Mientras no se os ocurra nada, podéis quedaros en la furgoneta. Basta con aparcarla en un sitio discreto. Bueno, eso lo pensáis después. Yo ahora me largo. Tengo el coche junto al hotel; no creo que tarde ni media hora si bajo recto por el campo. Me largo a Zaragoza a toda pastilla. Vosotros llamadme dentro de tres días. Hoy es jueves, o sea que el domingo. Para entonces ya os podré decir qué hacemos con el cura.

El obispo permanecía inconsciente, ajeno a todo el plan que se tejía en torno a él. Oreste le tomó el pulso.

–Esto parece que va bien –dijo, creyéndose aún su papel de médico–. De todos modos, en cuanto dé síntomas de despertarse, le metéis otra media docena de pastillas y asunto arreglado. Cuanto más rato lo llevéis dormido, menos problemas. Bueno, que me voy. Pásate tú aquí, Ricardo.

La furgoneta estaba parada en las afueras de Grisel, junto al árbol que indicaba el camino hacia Santa Cruz del Moncayo. Oreste se apeó, después de cerciorarse de que no venía nadie, y Ricardo ocupó su puesto de enfermero junto al rehén. Después el abogado echó a andar por la senda en dirección a Tarazona, cuyas casas se veían pocos kilómetros más abajo.

■

Anselmo y Ricardo Moreda le vieron alejarse sin tener mucha fe en sus gestiones, pero sabiendo que estaban en sus manos. Y en las de la Providencia.

–¿Tú crees que éste arreglará algo? –dijo Ricardo.

–No sé. No lo tengo nada claro.

–Bueno, pues a ver dónde nos metemos de aquí al domingo.

Mientras su hermano hablaba, Anselmo se fijó en los huecos excavados en el montículo de tierra que había frente a ellos. Muchos años atrás habían sido las casas de los más pobres del pueblo.

–¿Miramos ahí mismo? –dijo Anselmo.

–Demasiado cerca del chalet, ¿no?

–Hombre, para una noche... Tú quédate aquí un momento que voy a mirar cómo está eso.

En la ladera arcillosa destacaban dos grandes agujeros. Eran las puertas de las dos únicas viviendas-cueva que todavía no habían sido sepultadas por el tiempo.

Anselmo se asomó en la primera de ellas y lo primero que percibió fue el tacto suave de una telaraña sobre su rostro.

–¡Qué asco! –dijo mientras agitaba las manos como un nadador para apartar aquella porquería.

Sacó un mechero de su bolsillo: lo aplicó sobre todo lo que colgaba de las paredes –con más saña si tenía bicho dentro– y le sirvió también como luz añadida a la que entraba por la puerta.

La casa-cueva le produjo una sensación de agobio. Sus pisadas levantaban del suelo nubecillas de un polvo oscuro y denso. Si rozaba las paredes, se desprendían puñados de tierra. Tenía que caminar ligeramente agachado por el pasillo, a cuyos lados se habían abierto las demás estancias: dos habitaciones a la derecha, un pequeño corral y la cocina a la izquierda. El lugar olía a tumba.

«Así deben de vivir los conejos», meditó Anselmo antes de salir apresuradamente de aquella enorme madriguera.

A la otra cueva ni siquiera quiso asomarse. Cruzó directamente a la furgoneta y se introdujo en ella.

–Tienes razón: eso no nos vale –le dijo a su expectante hermano.

–¿Está hundido?

–No, pero está de pena. Y además la puerta está al lado del camino. Seguro que todo el que pasa se asoma. No te quiero decir nada como bajen por aquí los niños: ésos seguro que se meten.

–¿Sabes de qué me estaba acordando?... del pozo de los Aines.

–¿No pensarás bajar ahí?

–¿Por qué no? Ahí seguro que no nos encuentran.

–Ni nos encuentran ni somos capaces de salir como

nos metamos ahí dentro. Olvídate, Ricardo. Además, ya sabes que tiene mala fama.

–Mejor. Si no se asoma nadie, entonces es el sitio que necesitamos para estos tres días.

–¡Pues yo no bajo!

–Vale; pues tú no bajas. Casi mejor. Bajo yo con el cura y tú te quedas por arriba vigilando. Y si aparece la guardia civil, silbas.

–Yo silbo muy mal.

–Pues entonces cantas una jota o gritas como Tarzán. Haz lo que te dé la gana.

–¡Te digo que bajar al pozo es muy peligroso!

–Eso voy a verlo ahora mismo. Tú espérame aquí. Voy, bajo, echo un vistazo y vuelvo. Y si me parece un buen escondite, esta noche la paso dentro.

Ricardo recogió la gran cuerda que habían echado entre el material que podían necesitar en caso de apuro y le pidió a Anselmo que le pasase unos guantes de albañil que había en la guantera.

–Lo que puedes hacer mientras tanto es meterte con la furgoneta detrás de aquel terraplén y cambiarle de ropa a este hombre. Da mal rollo verle vestido de cura.

Anselmo aceptó encargarse de mudar de vestimenta al sacerdote. Le pondría la ropa que habían preparado para camuflar a Pablo Benítez Modrego, aunque notaba a simple vista que era más bajo y también más delgado.

Ricardo dijo «vuelvo en media hora», recogió la cuerda y los guantes, bajó de la furgoneta y tomó la senda entre los olivares camino del pozo de los Aines.

■

El terreno era completamente plano. Ricardo caminó entre los olivos perfectamente alineados, pisando sobre terrones secos que se deshacían bajo sus pasos. Sólo tuvo que caminar diez minutos antes de ver unos almendros que, en medio del olivar, delimitaban el diámetro de una gran boca abierta hacia las profundidades.

Había estado allí siendo crío. Fue con su padre, quien le dijo que por aquel agujero se llegaba al infierno y que si se portaba mal saldría el diablo y se lo llevaría dentro. Después de aquello Ricardo vivió varios meses preocupado por partida doble: por un lado le inquietaba que el infierno pudiera estar tan cerca de su pueblo y por otro le extrañaba que no saliera humo de allí. Un enigma que tardó mucho tiempo en resolver y que acabó con la idea que tenía del infierno como una especie de barbacoa gigante, donde siempre estaban asando carne de pecador.

El pozo era un enorme agujero, una gran sima que aparecía de repente en un paisaje suave y plano. Un accidente inesperado. Como si hubiese caído un meteorito, como un cráter sin volcán, la tierra se metía treinta metros hacia abajo, aunque la verdadera profundidad era difícil de calcular por la gran cantidad de vegetación que crecía en el fondo.

Por arriba, la entrada era un círculo perfecto de varios metros de diámetro. Alrededor de la gran abertura, sujeta en los árboles del contorno, había una pequeña alambrada: lo justo para retener a alguna oveja cuya voracidad le impidiera ver el desplome que había tras las matas.

Cuando llegó hasta allí, Ricardo se apoyó en el alambre y echó una ojeada al interior: le impresionó tanto como cuando lo vio de niño y sintió la misma atracción de entonces por bajar a conocer el fondo. Ahora tenía lo que necesitaba para hacerlo: edad, una cuerda y una situación lo suficientemente desesperada como para buscar solución en el mismísimo infierno.

Sin pensárselo dos veces –porque lo contrario supondría la retirada–, desenredó la cuerda, ató uno de sus extremos al árbol más recio de cuantos rodeaban la sima, se puso los guantes y, tras saltar la alambrada, comenzó a descender en *rappel,* que era lo único útil que había aprendido durante el servicio militar.

Descendía con mucha precaución, el brazo izquierdo arriba y el derecho abajo, dejando que la cuerda se deslizase suavemente entre las manos. Bajaba pensando en la mala fama que tenía el pozo en los alrededores: desde la leyenda según la cual la tierra se abrió para tragarse a un sacrílego hasta mil historias más que pintaban aquella enorme oquedad como un lugar maldito que todos esquivaban.

De vez en cuando, miraba abajo entre sus pies. El miedo a caer era menor cuando veía las muchas plantas que había debajo. Al menos no sería como estrellarse sobre las piedras.

Poco a poco, la pared que tenía por encima se agrandaba. Antes de que el sudor de los nervios cubriera su frente, se encontró a una prudente distancia del suelo. Entonces se atrevió a acelerar y, cuando se hallaba a un metro del final, aflojó los puños y se descolgó de golpe.

Como el suelo no era liso (se inclinaba hacia el centro como un embudo), Ricardo pisó mal y cayó, pero no se hizo ningún daño. Se levantó, sacudió su ropa y miró alrededor: estaba dentro de una pequeña selva.

La sequedad de arriba contrastaba con el verdor de la sima. Era como un pequeño parque donde podía crecer cualquier semilla llevada por el viento. Había helechos, pero abundaban más otras plantas que a Ricardo le parecieron cintas gigantescas: como las que él mismo tenía en tiestos, pero multiplicadas por diez. También había muchos arbustos, y de una de las paredes, abombada y siempre a la sombra, colgaba un gran manto de hiedra.

Le pareció que aquélla podía ser una finca ideal donde levantar un centro de reposo, siempre que se pudiera mejorar el acceso. Quizá un balneario subterráneo, porque también había visto desde arriba un gran charco que hacía pensar en la presencia de un manantial.

Era en el lado de enfrente, así que decidió cruzar entre las plantas para ver qué tal era esa agua.

Las hojas entre las que se deslizó le superaban en altura. El manto vegetal era tan tupido que casi no podía avanzar. Era como si las plantas le sujetaran de los brazos y las piernas.

Para eludir la presión, se desvió un poco a la derecha, por donde le pareció que la floresta no era tan espesa y había más hueco para un cuerpo. Se acercó a la pared para llegar hasta el agua rodeando el agujero, por la zona que aparentemente tenía menos obstáculos.

Pero de repente, cuando avanzaba pegado al lateral, se topó con el obstáculo que menos podía esperar: de un hueco en la pared salió un palo que le golpeó en la frente y lo derribó hacia atrás. A pesar del tremendo susto, quiso reaccionar y levantarse, pero entonces cayó sobre él una sombra, algo le pisó en el pecho y una horca de madera sujetó su cuello contra el suelo al tiempo que oía una voz:

–¡Si te mueves te saco la nuez por el cogote!

Aturdido, no podía creer lo que le estaba pasando. Desde el suelo, al contraluz, veía la silueta de quien le había atacado y se sentía bajo un troglodita.

Había pensado que en aquel pozo podría encontrarse con lagartos y ciempiés, incluso con alguna rata, pero jamás con un hombre. Sería una aparición: el fantasma que hacía de aquello un lugar maldito. En todo caso, era un espectro con muy mal genio que, agachado sobre él, le interrogaba con rabia.

–¿A qué has venido, bicho? ¿Quién te ha mandado bajar aquí? ¿Qué estás buscando?

–¡Nada! ¡No busco nada, de verdad! ¡Nada de nada! –contestó Ricardo, recalcando la nadería de su descenso.

–Entonces, ¿por qué has bajado? –insistió la sombra, apretando un poco más la horca sobre su cuello.

–¡Por curiosidad! ¡Para ver las plantas!

–¿Es que no hay plantas arriba? ¿Para qué quieres ver éstas?

–¡Por curiosidad! ¡Lo juro! Sólo he bajado por curiosidad.

El fantasma volvió a forzar la presión sobre el cuello de Ricardo, que gimió como si se ahogase.

–Como me mientas lo pagarás muy caro.

Un puñetazo en la frente acompañó a la amenaza. Sólo después, con Ricardo mareado por el golpe, aflojó la presión del palo y lo arrastró unos metros, hasta un punto de la pared donde las grandes hojas formaban una cortina tras la que el cavernícola tenía su refugio.

El hombre penetró con su presa en aquel rincón imposible de adivinar desde arriba. Era una pequeña cueva en la que sólo había un camastro de hojas.

Mientras Ricardo permanecía atontado, su captor lo ató de manos y pies y se sentó a mirarle en la penumbra.

Ricardo fue reponiéndose del golpe, aunque no tanto de la sorpresa. Entre las estrellas que aún veía, distinguió los rasgos de quien le había hecho prisionero.

Frente a él había un hombre de edad indefinida, seco y enjuto, de cabello blanco y ralo, con unos ojos vivísimos y una piel en la que apenas se distinguía una arruga. Vestía un extraño sayal hecho de plumas, que le cubría hasta los muslos, y no llevaba calzado. En su mano derecha sostenía el palo con el que había aplastado contra el suelo el cuello de Ricardo. Parecía un ermitaño, pero no era muy acogedor.

–¡Habla! Tengo que saber si he de sacrificarte o si basta con que te quedes aquí para siempre –dijo cuando notó que Ricardo espabilaba.

Cualquiera de las dos opciones le parecía exagerada al secuestrador secuestrado, aunque con el día que llevaba lo que menos le podía extrañar en ese instante era que el viejo lo troceara y se lo comiera crudo. Pero aún le quedaba un mínimo aprecio por su pellejo para suplicar clemencia al fantasma.

–Déjeme ir –balbuceó Ricardo–; le juro que no diré nada.

–¿Que no dirás nada de qué? ¿Es que te han mandado a buscarme?

–¡No! ¡Le juro que no! Sólo he bajado por curiosidad.

–¡Por curiosidad, por curiosidad! ¿Es que no te bastaba con ver el pozo desde arriba, como todo el mundo? ¿No sabes que este sitio está maldito?

–No sabía...

–¡Sí lo sabías! Te han mandado ellos, ¿verdad? ¡Confiésalo!

–¿Ellos?

–Los Villegas, los Rodaura, los Lacarra... todos esos canallas que me metieron aquí... ¡confiesa que son ellos!

–No sé de quién habla.

El hombre miró fijamente a Ricardo. Incluso para un ser aislado y tan desconfiado como él, la perplejidad de Ricardo parecía sincera.

–¿Seguro que no te manda nadie? –insistió el espectro.

–¡Seguro! Pero qué pasa, ¿le persigue alguien?

–Todos los canallas del mundo van detrás de mí.

–¿Y por eso se metió aquí?

–¡Yo no me metí aquí! A mí me tiraron.

–¿Le tiraron? ¡Y no se mató!

–Eso querían y eso se creyeron, pero las plantas me salvaron. No me maté porque las ramas no me dejaron llegar hasta el suelo.

–¿Y eso cuándo fue?

–Hace muchos, muchos años.

–¿Y no ha intentado nunca salir?

–¡Jamás! ¿Salir? ¿Para qué? ¿Para encontrarme otra vez con esa gentuza? No señor. Aquí vivo muy bien. Aquí no hay mala gente.

–Ya; ni buena.

–Aquí estoy a salvo. ¡Aquí soy el rey!

–Pero ¿por qué le tiraron?

–¿Quieres saber por qué me tiraron? Pues te lo diré... ¡por las malas compañías! Porque la codicia me cegó y me junté con mala gente. Porque yo también quise robar lo que sólo era de Dios nuestro Señor, pero san Atilano me iluminó antes de perderme para siempre y cuando les dije a mis socios que ya no robaría más, que ya no iría detrás de las riquezas de nuestro Señor, entonces se volvieron contra mí y quisieron eliminarme. ¡Pero el Señor se apiadó de mí y me perdonó la vida! ¡Ahora soy su siervo y he creado este reino de pureza sólo para Él!

Ricardo dudó si debía decir «amén». Afortunadamente, el viejo siguió hablando y le evitó el compromiso.

–Soy un ser arrepentido que ha consagrado su vida a expiar sus culpas. Porque yo profané los templos del Señor, porque comercié con su imagen, y con la de su santa madre la Virgen purísima, y con las de todos los apóstoles. Pero el Señor me ofreció este lugar para vivir libre y purgar mis pecados.

A Ricardo ya no le cabía duda de que al hombre le

habían tirado, y además estaba convencido de que, en la caída, se había dado un golpe en la cabeza.

–Yo creo que será mejor que me vaya para que pueda usted seguir rezando –dijo tímidamente.

–¡No puedes irte! –bramó el viejo–. Has descubierto mi secreto y debes permanecer aquí hasta que yo muera. Te quedarás conmigo. Podrás comer de mis raíces y mis pájaros, y también podrás beber del agua milagrosa que brota en el pozo... y por las noches podrás tumbarte conmigo a contar las estrellas y alabar al Señor por su infinita misericordia.

Ricardo valoró la oferta y decidió que prefería caer en manos de la policía: en la cárcel por lo menos había televisión y los menús eran más variados.

–Yo me quedaría encantado –mintió para no irritar al viejo–, pero me temo que, si no salgo, no tardarán en venir a buscarme.

El hombre del pozo no había calculado ese riesgo. Se quedó pensativo unos segundos, hasta que encontró una solución alternativa.

–Entonces te cortaré la lengua.

A Ricardo se le secó la boca de repente. El entusiasmo de su anfitrión le abrumaba hasta hacerle perder el color.

–Bueno... –musitó temblando–. Yo creo que no hace falta. Le juro que no diré nada a nadie. Por mí, es como si no hubiese estado nunca en este pozo.

El hombre le miró en silencio, serio y receloso. Ricardo redobló sus esfuerzos por salvar la lengua.

–Será un secreto entre usted y yo. Guardaré silencio, pero seguiré su ejemplo. Conocerle ha sido muy importante para mí. Yo también alabaré al Señor para agradecerle este milagro. Ya empiezo a notar algo dentro de mí que se conmueve. Creo que el Señor quiere que yo sea su discípulo y que difunda en el exterior sus enseñanzas. Lo noto. Noto algo en mi interior que me arrastra con fuerza. ¡Hay algo espiritual en este pozo!

Ante cada frase entusiasta, el viejo abría un poco más sus ojos. Ricardo notó que se tragaba su pantomima. Al fin y al cabo, lo único que hacía era imitarle y de paso halagar su vanidad dándole la razón en lo esencial de su misticismo. Esa estrategia nunca fallaba, y sólo necesitaba arriesgar un poco más para comprobarlo.

–En fin –dijo Ricardo–, pero si he de perder mi lengua aceptaré el sacrificio para mayor gloria del Señor.

El viejo quedó consternado: la repentina conversión de un supuesto enemigo en un discípulo le desmadejó por completo. Ahora ya no le parecía que arrancarle la lengua fuera un acto piadoso.

–Bueno –dijo titubeando–, bueno... si quieres alabar al Señor quizá sea mejor que conserves la lengua.

–Eso mismo estaba pensando yo.

–Pero habrás de jurarme que respetarás este lugar como un sitio sagrado y que a nadie le dirás lo que has visto aquí.

–Este pozo será mi guía espiritual a partir de ahora. Lo llevaré dentro de mi corazón y será el secreto que me ayudará a seguir adelante.

Decididamente, no podía privar del don de la palabra a un discípulo tan aventajado. El viejo cambió radicalmente de actitud, se aproximó a Ricardo y le soltó las rudimentarias cuerdas vegetales con las que había atado sus manos.

–¡Vete y no vuelvas nunca jamás! –le dijo mientras Ricardo se apresuraba a desatar sus pies–. ¡Vete y difunde el mensaje de Dios, pero no digas jamás dónde te fue revelado!

–¡Así lo haré, maestro!

La calificación de «maestro» le gustó tanto al viejo que se le humedecieron los ojos y quedó anonadado, inmóvil, mientras Ricardo decía adiós, salía de la covacha y avanzaba, tan rápido como podía, hacia la cuerda que había dejado colgando: tenía que agarrarla antes de que aquel chalado cambiara de opinión.

Cuando el viejo retiró la cortina vegetal y se asomó un poco para verle marchar, Ricardo había superado el primer tercio de la ascensión y subía con toda la fuerza que le permitían sus brazos. El hombre le observó y pensó que, después de todo, había sido una bendición su llegada porque no era bueno que muriese sin dejar al menos un discípulo. Ricardo, sin volverse en ningún momento, pensaba en lo que había dicho el viejo sobre el agua del pozo y en que quizá, con el tiempo, podrían montar allí una planta embotelladora. A lo mejor había negocio en aquel agujero.

■

Cuando Anselmo vio venir a su hermano, el corazón se le apaciguó un poco. Llevaba un rato en plena taquicardia. La tardanza en regresar de Ricardo sólo le permitía pensar que se había caído o le habían cazado. Por eso, al verle aproximarse sin grilletes ni ninguna lesión aparente, recuperó el pulso normal y media vida.

–¿Pero cómo has tardado tanto? –gritó por la ventanilla.

–Ya te contaré –dijo Ricardo dirigiéndose a la parte posterior de la furgoneta–. ¡Menuda historia, hermano!

Abrió la parte posterior, tiró la cuerda dentro, junto al obispo yacente, y después penetró él. Anselmo asomó la cara entre las cortinillas.

–¿Éste no se despierta? –dijo Ricardo señalando al obispo.

–Nada. No da ni señal. Ni cuando lo he cambiado.

El sacerdote ya no lo parecía tanto. Anselmo le había metido dentro de unos pantalones de pana y una camisa de cuadros. Ambas prendas eran varias tallas superiores de lo que el obispo necesitaba. Ahora parecía un campesino súbitamente enflaquecido, al que no le hubiese dado tiempo aún de ir a comprar ropa en condiciones. Sólo conservaba los zapatos de su uniforme anterior.

–Habrá que buscarle algo más pequeño –comentó Ricardo observando cómo le quedaba el modelito.

–Que se apañe con esto, que no lo va a ver nadie –replicó su hermano–. Bueno, ¿qué pasa con el pozo?

–Arranca y vámonos. Te lo cuento por el camino.

–O sea que no vale.

–Tú arranca y sigue por este camino hacia Santa Cruz. He tenido otra idea.

Anselmo obedeció y en cuanto estuvo en marcha retomó el interrogatorio.

–Bueno, cuéntame qué pasa con el pozo.

–Que no nos sirve. Que está habitado.

–¿Cómo que está habitado?

–Pues que había un tío dentro.

–¡¿Me quieres decir que te han visto?! –gritó Anselmo, volviéndose y dando un bandazo involuntario.

–Tú mira hacia delante, hombre, mira hacia delante y no te preocupes tanto, que vamos a volcar –dijo Ricardo–. El que me ha visto es un loco que no debe de saber ni su nombre, así que no te pongas histérico. Lo que pasa es que allí no podemos ir. De todas maneras, tampoco era buen sitio. Iba a ser muy complicado bajar con éste. Se me ha ocurrido otro mejor.

–¿Dónde?
–Donde los tuberculosos.
–¿En Agramonte?
–Sí; en el antiguo sanatorio.
–A mí ese sitio siempre me ha dado un poco de miedo.
–A ti y a todos. Por eso se me ha ocurrido: porque está abandonado y porque por allí no va nadie.
–Suele haber excursionistas.
–A esta hora puede que sí, pero más tarde no. Podemos hacer tiempo hasta que anochezca y subir entonces.
–Lo primero que tenemos que hacer es comer, que yo por esperarte aún no he probado nada.
–¡A ver si te crees que yo he estado de parranda! Ahora comeremos algo. Tú tira hacia allí y un poco más arriba nos escondemos un rato a comer y esperamos a que se haga de noche.

El camino de Grisel a Santa Cruz del Moncayo subía y bajaba a lo largo de tres kilómetros. A la derecha siempre estaba Tarazona, como si no quisiera perderlos de vista.

Tras un breve recorrido sobre el terreno arcilloso, la furgoneta desembocó en la carretera y Anselmo aceleró poniendo su punto de mira en el Moncayo.

La carretera subía serpenteando suavemente. Según ascendían, parecía como si la mole del Moncayo se les viniera encima. Pero Anselmo miraba menos al monte que a las cunetas. Buscaba un lugar donde ocultarse y no había mucho donde elegir. Faltaban unos kilómetros para llegar a la zona arbolada. Sin embargo, algo llamó su atención a la derecha de la carretera y, hambriento como iba, decidió no esperar más.

–Vete preparando los bocadillos que nos quedamos aquí mismo –le comunicó a su hermano mientras encendía el intermitente.

–¿Has visto algo? –preguntó Ricardo.

–Sí: un campo de fútbol.

Ricardo pensó que si su hermano hubiese sido explorador en el salvaje Oeste, el Séptimo de Caballería aún estaría corriendo delante de los sioux. Pero, antes de que protestase por tan ridículo escondite, Anselmo ya había tomado la desviación y avanzaba por el camino que conducía hasta un campo de fútbol abandonado.

Dos porterías, plantadas en medio de una explanada donde sólo había cardos y hierbajos, atestiguaban que allí, alguna vez, los mozos de los alrededores habían tenido su espacio reservado para rematar a gol. Pero ya no había rastro de las áreas. Ni el más mínimo dibujo de las bandas y el círculo central. Sólo las dos metas marcando los extremos del rectángulo de juego y, a mitad de camino de ambas, en el lateral más alejado de la carretera, una caseta de ladrillo con dos puertas, dos ventanas y un depósito de agua sobre el techo: los vestuarios. Al menos los del equipo local y el visitante: quien no tenía espacio reservado era el árbitro.

Anselmo aparcó detrás de esa construcción, el único lugar donde la furgoneta no se podía ver desde la carretera.

–Aquí nos quedamos –dijo mientras tiraba del freno de mano.

Ricardo descendió para asegurarse de que era un lugar adecuado. Echó un vistazo y no encontró inconvenientes. Tampoco muchas ventajas.

–Bueno; si nos tienen que coger, igual lo harán aquí que en otro lado –dijo con resignación.

Sacó la bolsa de comida, se sentó en una piedra a dos metros del vehículo y se puso a abrir el pan y a cortar chorizo. Anselmo sacó el agua y se sentó junto a su hermano. Al cura no lo tocaron: mientras no despertase, no probaría bocado.

Masticaron con pocos miramientos y menos palabras. Ricardo contó por encima su descubrimiento en el pozo de los Aines.

–Pues coger a ese hombre y escribir un libro sobre su vida tampoco sería mal negocio –dijo Anselmo.

–Nada, hombre, ¿a quién le va a interesar la historia de un tipo que se ha pasado la vida en un agujero? ¡Menudo aburrimiento! Ahí lo que hay que mirar es lo del agua; si el agua es buena, a lo mejor sí que hay negocio.

Comieron sin ponerse de acuerdo en ese punto y, cuando acabaron con la última miga, también discutieron qué podían hacer hasta que anocheciese. No había muchas alternativas y triunfó la idea de echar una siesta: a esas alturas de la jornada, después de todo lo que les había pasado, se imponía entre ambos la convicción de que no valía la pena medir mucho sus pasos porque ese día el destino estaba totalmente al margen de sus cálculos. Entonces lo mejor era resignarse y dar una cabezada.

Sólo tomaron una precaución: decidieron dormir dentro de la furgoneta. Se echaron juntos, a un costado del obispo, y en pocos minutos los venció el sopor estival y se quedaron tan profundamente dormidos como su invitado.

■

Todavía entre sueños, el obispo de Tarazona escuchó un tintineo metálico y le pareció como si lejos, muy lejos, sonasen las campanas de su catedral.

Aún no tenía claro si dormía o estaba despierto, y en ninguno de los dos casos era capaz de saber dónde se hallaba. Lo único seguro era el ruido de campanitas, que cada vez se oía más nítido. Eso le hacía pensar que no estaba soñando.

Sin embargo, quiso abrir los ojos y no vio nada; intentó mover los labios y no podía articular palabra; hizo un esfuerzo por agitar sus manos y, aunque le pareció que se movían y que con ellas llegaba otro ruido metálico, no era capaz de manejarlas como deseaba: por tanto, lo más probable es que todavía estuviese soñando.

Se resignó a esperar hasta que su despertar fuera una certeza y no una parte más del sueño. Pero algo le sorprendía: el sonido no desaparecía; al contrario, era un «clon-clon» metálico cada vez más insistente y cercano.

Cuando ya no tuvo duda de que allí pasaba algo extraño fue cuando, en medio del ruido de metales, se coló una voz jurando. Podía tener sueños muy raros, pero estaba seguro de que ni en la peor de sus pesadillas se le ocurriría gritar «¡Mecagüen la leche que te han dao!». Y eso era justamente lo que había oído.

Aquello no cuadraba, así que volvió a intentar abrir los ojos y notó que movía los párpados, pero después había algo que le impedía ver. También seguía sin poder hablar, pero no estaba dormido porque podía mover la lengua: pasarla por los dientes, meterla en el hueco de la muela del juicio, arañarla con un empaste. Le quedaba comprobar qué pasaba con sus manos: palpó con ellas alrededor y sólo sintió el contacto con una superficie sin arrugas; después intentó tocarse las muñecas y entonces fue cuando se dio cuenta de que estaba encadenado.

El obispo sintió una especie de vértigo, un horror a no saber por qué estaba así y si sería realmente quien él pensaba que era. Si seguía siendo el obispo de Tarazona, si su papel era el que recordaba de una vida apacible y rutinaria, no tenía ningún sentido que se encontrase tumbado, ciego, amordazado y con las manos esposadas.

Tenía que salir de dudas. Se movió lentamente, procurando acercar la cabeza a las manos, hasta que consiguió palparse.

Primero tocó su boca. Tras recorrer con la yema de los dedos la superficie del esparadrapo, lo despegó con cuidado. Cuando liberó del todo los labios, permaneció en silencio: antes de hablar tenía que ver algo. Inclinó la cabeza un poco más y las manos chocaron con las gafas que cubrían sus ojos. En lugar de quitárselas, las empujó hacia arriba hasta colocarlas en la frente. Lo único que vio fue el lateral blanco de la furgoneta y la argolla a la que había sido esposado. Pero entonces también identificó el rumor que oía a su espalda: era una respiración.

El obispo se giró lentamente para mirar al otro lado. Temía encontrarse con algún perro que le estaría vigilando, pero en lugar de ello descubrió dos cuerpos humanos tendidos junto al suyo. Y sintió tal alivio por no estar solo que, sin averiguar quiénes eran, se apresuró a pedirles ayuda.

–¡Por el amor de Dios! –exclamó el obispo–. ¡Ayúdenme, por favor, hagan algo!

Anselmo dio un brinco en el mismo momento que oyó invocar a Dios. Se levantó como un resorte y, al encontrar los ojos del obispo clavados en los suyos, se percató del gravísimo error que habían cometido.

–¡Ya la hemos liado!

Mientras Ricardo despertaba embarullado por las voces, Anselmo recogió el primer trapo que vio a mano y se abalanzó sobre el perplejo obispo.

–¡No me mire! ¡No se le ocurra mirarme! –dijo mientras le tapaba la cabeza con el mismo trapo que había utilizado para limpiar el parabrisas de insectos muertos.

El cura se resistió. Agitó su cabeza e intentó gritar, pero todo fue en vano. Sentía la presión de muchos dedos sobre sus ojos, sobre su cuello, sobre sus labios. A las manos de Anselmo se unieron las de Ricardo en cuanto se percató de lo que ocurría. Y además de las manos aportó una toalla, cogida al vuelo, para socorrer a su hermano.

–¡Tápale con esto! –gritaba–. ¡Con esto que es más grande!

La toalla se impuso y el cura no respiró mejor, pero se libró de tragar más restos de mosquitos atropellados. Aunque eso le daba igual: si se debatía con desesperación no era por higiene, sino por incertidumbre y miedo. Pero los Moreda controlaron muy pronto la situación.

–¡Ahora sí que la hemos liado! –volvió a repetir Anselmo cuando ambos estaban abrazados a su presa, sujetando la toalla.

–¡Chssss! ¡Cállate! –le ordenó su hermano.

En medio de la pelea, Ricardo había tenido tiempo para detectar que no se hallaban solos: fuera de la furgoneta se oían ruidos que identificó con los de un rebaño.

–Hay gente fuera –dijo susurrando.

Anselmo se mordió los labios para no volver a gritar «ya la hemos liado», que era lo que le pedía el cuerpo. Su hermano le hizo un gesto para que permaneciese en silencio y después habló en el oído del obispo.

–Quédese quieto y no le pasará nada. No le vamos a hacer daño, pero tiene que estarse callado y quietecito. ¿Me comprende?

El obispo seguía sin comprender nada, salvo que ellos eran más. Y por sentirse en minoría, asintió con la cabeza; aunque apenas podía moverla porque los brazos de Anselmo, aferrados a su rostro como los de un náufrago a una tabla, no le permitían mucho movimiento.

–Voy a ver qué pasa –se dirigió Ricardo a su hermano–. Tú no lo sueltes.

Corrió un poco la cortina que separaba la parte trasera de la cabina del conductor y sólo vio ovejas. Se aupó por encima de la chapa y saltó a los asientos para salir discretamente por una de las puertas delanteras.

Fuera, el sol ya se había metido por detrás del Moncayo y en poco rato empezaría a oscurecer.

Rodeó la furgoneta y al llegar atrás vio al pastor que cuidaba del ganado. Suya había sido la voz cuyo juramento convenció al obispo de que no soñaba. Estaba a treinta metros de Ricardo. De pie, inclinado hacia delante, apoyado sobre un largo cayado, controlaba la merienda de su rebaño.

–¡Hola, buenas tardes! –saludó Ricardo levantando su mano.

Un par de perrillos pequeños le ladraron, pero el pastor apenas se inmutó. Sólo levantó un poco la barbilla para devolver el cumplido. Ni se le movió la boina.

–¡Hace buena tarde, eh! –insistió Ricardo en su afán de hacerse amigable.

Esta vez el pastor no movió ni una ceja.

–Por lo menos ya se ha pasado el calorazo.

Aparte de los cencerros de las ovejas, no se escuchó otra réplica. Ricardo dedujo que aquello no era el comienzo de una gran amistad.

En vista de que no parecía necesario entablar una conversación para dar explicaciones sobre su presencia, lo mejor era retirarse discretamente.

–Pues nada, ¡que vaya bien, eh! –se despidió.

El pastor volvió a mover ligeramente la barbilla como respuesta a su ademán de despedida. Ricardo montó en la furgoneta, arrancó y salió veloz en medio de la estampida de las ovejas.

Sólo entonces el pastor recuperó el habla para volver a jurar lanzando sus perros a controlar el rebaño. Cuando todo recuperó la tranquilidad, volvió a ensimismarse con el programa de radio que estaba escuchando a través de los pequeños auriculares que llevaba en las orejas. Estaba tan metido en la tertulia radiofónica que no había prestado ninguna atención a Ricardo. Lo más que había llegado a pensar era que los excursionistas ya no sabían dónde meterse, porque aquel antiguo campo de fútbol del pueblo de San Martín sólo podía ser atractivo para las ovejas. Y para los domingueros, claro.

■

–¡Vaya tío más seco! –exclamó Ricardo cuando abandonaban el lugar.

–¿Qué ha pasado? –se interesó su hermano, sin aflojar la presión sobre la cabeza del obispo.

–Nada. Un pastor que no hacía caso de nada. ¿Qué tal va el cura?

–Bien.

El obispo no era de la misma opinión y además no entendía nada de lo que sucedía. Pero iba a empezar a salir de dudas.

Mientras conducía carretera arriba a toda velocidad, Ricardo creyó necesario dar algunas explicaciones.

–Me escucha, ¿verdad?

El rehén emitió un gemido afirmativo.

–Ponle las gafas otra vez, pero no le tapes la boca de momento –dijo Ricardo dirigiéndose a su hermano–. Y usted cierre los ojos y deje que le pongan las gafas... ¡pero no se le ocurra mirarnos!

Anselmo maniobró con rapidez: puso al cura mirando al suelo, con una mano tiró de la toalla y con la otra le colocó las gafas.

–¡Me estaba ahogando! –exclamó el obispo en cuanto pudo hablar.

–¡Pórtese bien y no se ahogará! –dijo Ricardo–. Y no tenga miedo. Tómeselo como una aventura. Dígame una cosa: usted es el obispo, ¿verdad?

–¡Claro que soy el obispo! –contestó el aludido–. Y no tengo ganas de aventuras... ¡exijo volver a mi casa!

–No me ha entendido bien –prosiguió Ricardo–. Esto es un secuestro, pero si se porta bien no le haremos ningún daño.

–¡Válgame san Atilano! ¿Pero se puede saber para qué queréis secuestrarme a mí?

–Eso no se lo vamos a explicar. Cumplimos órdenes; eso es todo –afirmó Ricardo, por decir algo–. Si se porta bien, volverá muy pronto a casa. ¿De acuerdo?

–¡Pero cómo voy a estar de acuerdo con que me secuestren! –respondió el obispo sin amilanarse–. ¿Pero por quién me habéis tomado? Venga, hombre, venga. Ahora mismo me lleváis a Tarazona y no hay más que hablar.

–Si no quiere colaborar, peor para usted –dijo Ricardo, molesto con las exigencias–. Entonces mejor que no hable. ¡Ponle el esparadrapo otra vez!

Anselmo obedeció a su hermano y, aunque el sacerdote opuso resistencia, selló otra vez sus labios para que Ricardo pudiera continuar hablando sin interrupciones.

–Cuando esté un poco más tranquilo le dejaremos hablar otra vez. Ya le he dicho que no se tiene que preocupar. Ha habido un pequeño error; eso es todo. Bueno, el caso es que va a tener que pasar unos días con nosotros y lo mejor es que nos llevemos bien, ¿de acuerdo?

Los sonidos que salían de la boca amordazada no eran fácilmente traducibles, pero hacían sospechar que, de momento, el obispo no había caído bajo el síndrome de Estocolmo. No sólo no simpatizaba con sus secuestradores, además daba la impresión de que, de tener libres las mandíbulas, sería muy capaz de morderles.

–No se crea que a nosotros nos hace ilusión tenerle así –prosiguió Ricardo–, pero nos aguantamos. Así que aguántese usted también. ¡Colabore un poco, hombre!

«En tu excomunión voy a colaborar», pensó el obispo, indignado por lo que escuchaba. Pero como no le gustaba que le tapasen la boca, también pensó que en ocasiones sucesivas le convendría ser más obediente, por lo menos hasta que sacase algo en claro de aquella situación. Por el momento era incapaz de imaginar quién podía estar detrás de semejante disparate.

En menos tiempo del que los tres necesitaban para aclararse las ideas, llegaron al camino del viejo sanatorio de Agramonte.

El día comenzaba entonces a difuminarse. Tras recorrer quinientos metros por una pista de tierra, asomaron las tejas de los pabellones abandonados. Un minuto después llegaban a la plazuela alrededor de la que se distribuían los principales edificios del complejo sanitario. En medio de ella, un nogal al que guardaban las espaldas cinco grandes pinos. Un abeto escuálido y algún pequeño zarzal completaban la flora descuidada que crecía hasta donde alcanzaba el primer vistazo.

Los pabellones de reposo conservaban el color blanco de la cal, adornado por el dibujo de cientos de desconchones y por decenas de contraventanas verdes tras las que ya no quedaba ni un vidrio sano.

Ricardo paró el motor poco antes de detenerse bajo el nogal.

–Ya hemos llegado. ¡Y no sabemos dónde estamos!, ¿entendido?

Su hermano captó el mensaje.

–Me fastidia tener que hacerlo –siguió Ricardo con las instrucciones–, pero vamos a tener que ponerle el «bozal» antes de bajar. Por lo menos hasta que nos aseguremos de que no hay nadie.

–¿Se lo pongo ya?

–Espera, que te ayudo.

«¡Bozal! ¡¿Me tomarán por un perro?!», pensó el obispo poniéndose en guardia ante lo que pudieran hacerle.

Ricardo saltó a la parte de atrás y, mientras su hermano rebuscaba en la bolsa del arsenal, sujetó la cabeza de su rehén y le habló lo más suavemente que pudo.

–Le vamos a poner un aparato para que no grite. No duele, así que quédese quieto y colabore. Si no muerde, no le haremos ningún daño.

«La excomunión es poco, ¡a la hoguera por hereje!», pensó el prelado. Pero sabía que resistirse era inútil, así que aceptó la humillación.

–Cuando le quite el esparadrapo, abra bien la boca y estése quieto –dijo Anselmo.

En sus manos ya tenía el «bozal»: un aparato para corregir los dientes con una grapa preparada para enganchar la parte inferior a la de arriba, de tal manera que, una vez sujetas, no pudiese mover las mandíbulas. Un invento de su hermano.

Anselmo sudó para colocarlo. Fue una pelea similar a la de un dentista con un paciente. El cura no mordió, como le habían pedido, pero se quejó con toda clase de bufidos por la presión que sufrían sus dientes al fijar sobre ellos el aparato.

«Seguro que el muy guarro no se ha lavado las manos», pensó cuando sintió los dedos de Anselmo dentro de su boca.

–¡Ya está! ¿Ha visto qué fácil? –dijo Ricardo cuando todo estuvo bien enganchado.

El obispo sólo pudo emitir varios gemidos como respuesta. De haberlos traducido, Ricardo hubiese conocido de cerca la opinión de un ministro del Señor sobre otros instrumentos de uso aún más fácil: la guillotina, la horca, el garrote vil...

–Ahora le vamos a quitar las esposas, pero no las gafas. Y le llevaremos agarrado todo el rato, así que procure no hacer nada raro.

Después de las advertencias, le ayudaron a descender del vehículo. Ricardo se hizo con una linterna y se puso al frente del trío para penetrar en el sanatorio. Anselmo le seguía conduciendo al rehén.

Todas las puertas estaban abiertas, rotas o desvencijadas. Escogieron una que tenían enfrente y resultó ser la de la cocina.

Aún quedaba una cierta claridad que permitía ver lo que había en esa estancia: una enorme campana de humos, una vieja cocina con ocho grandes quemadores, cuatro fregaderos, una encimera de mármol partida en tres trozos, un pequeño elevador para las comidas, con el hueco abierto en la pared, y una gran caldera anclada al techo.

–Espérame aquí. Voy a mirar un poco más adentro –dijo Ricardo ante lo poco halagüeño del primer vistazo.

Anselmo sentó al obispo en un rincón, sobre un viejo electrodoméstico irreconocible, y se colocó a su lado, dándole conversación para que no se deprimiera.

Ricardo se asomó primero por el lado de la izquierda y vio que allí sólo había dos grandes cámaras frigoríficas. Cruzó al otro lado de la cocina y alumbró un pasillo con su linterna. Era muy estrecho y a cada lado había habitaciones, también de reducidas dimensiones, en las cuales quedaban restos de mobiliario. Una tenía un armario de madera cuyas puertas habían sido arrancadas. En otra se veía el esqueleto de una cama metálica. Más allá encontró un somier en el suelo. Y después mesillas, espejos, lámparas, lavabos, colchones y orinales.

Casi todas las ventanas de aquella planta habían sido tapiadas con gruesas tiras de madera clavadas en los cercos. En el suelo había un amasijo de capas de pintura, trozos de ladrillo y vidrios machacados.

En las dos plantas superiores encontró el mismo panorama, con la diferencia de que las ventanas no habían sido clausuradas y en el suelo había menos desperdicios. El catálogo de muebles era casi idéntico. Lo único novedoso era una silla de ruedas que Ricardo cogió por si les servía de algo.

Cuando volvió a la cocina, Anselmo había esposado al obispo y seguía su monólogo ante la resignada indiferencia del sacerdote.

Ricardo apareció empujando la silla de chapa. Tenía dos ruedas delgadas y grandes, como de bicicleta, y el asiento tapizado con una estrecha gomaespuma cubierta de plástico.

–¡Mira lo que he encontrado!

Anselmo miró el botín de su hermano y no le pareció que mereciera tanto entusiasmo.

–¿Y para qué queremos eso? –dijo escéptico.

–Ya lo vas a ver.

Ricardo cogió al obispo, que ya estaba un poco harto de tanto manejo, y lo sentó en la silla de ruedas. Luego le soltó las esposas de las manos y le ató un tobillo a la barra de la silla.

–Ahora le pones una mantita por las piernas y ya está: ciego, mudo y paralítico. Si nos cruzamos con alguien, no puede hablar ni puede echar a correr.

«Pero puedo pedirle a Dios que te parta un rayo»,

pensó la víctima. Anselmo tampoco vio muy práctico el invento, pero cambió de tema.

–¿No has visto nada por arriba? –preguntó a su hermano.

–No me ha gustado mucho; yo creo que el pabellón grande de la derecha estará mejor.

Allí se dirigieron. Cruzaron desde la cocina a un gran salón construido bajo la terraza del edificio contiguo. El obispo iba incómodo. Anselmo tampoco disfrutaba empujando la silla por aquel terreno irregular. Sólo Ricardo, que había asumido el papel de explorador, avanzaba tranquilamente sin más preocupación que la linterna.

La gran sala donde penetraron estaba decorada con baldosines azules y blancos. Ricardo volvió a pedir a su hermano que aguardara y se perdió por las escaleras del fondo.

El pasillo que se encontró en la primera planta era mucho más amplio que los otros que había visto junto a las cocinas. Las habitaciones también eran más grandes. Tenían menos muebles y estaban más limpias. En las tres primeras que recorrió sólo encontró polvo y cuatro o cinco tablas.

Las ventanas no tenían cristales, pero todas conservaban las contraventanas y permanecían cerradas. Decidió que ése sería el lugar donde pernoctarían.

Dio la vuelta para bajar a por su hermano pero, antes de poner el pie en la escalera, un zumbido estridente sonó a sus espaldas y dejó a Ricardo paralizado, con un pie en el aire y el corazón en vilo. Luego se escuchó otro, y otro más, y un aullido. Y después, cuando entró también en tromba el sonido de la batería, ya no tuvo ninguna duda de que aquel ruido que llegaba de las profundidades del pasillo no era otra cosa que una canción *heavy*. Rock duro a todo trapo.

Le hubiera sorprendido menos el rumor de cadenas arrastrándose o las voces de ultratumba de los enfermos que agonizaron entre aquellas paredes. Lo que no cuadraba con su idea de la parapsicología era que a los espíritus les gustase el rock and roll. Y eso, con una voz que daba alaridos en inglés, era lo que se oía al fondo.

Cuando se repuso de la primera sorpresa, bajó de prisa los escalones y se encontró con su asustado hermano.

–¿Has oído eso? –dijo Anselmo.

–¡Sí! –contestó enfadado Ricardo–. ¡Mierda! ¡Ahora que había encontrado un buen lugar!

–¡Aquí hay gente!

–Tú no te muevas. Voy a ver dónde están –dijo Ricardo, y después bajó la voz para hablarle al oído a su hermano–. Serán montañeros y tendrán la tienda en el jardín del otro lado. De todas maneras, esto es muy grande y no nos tienen por qué ver.

El obispo no acababa de entender qué ocurría. Sus secuestradores daban la impresión de no saber muy bien dónde meterse, lo cual aumentaba su incertidumbre sobre quiénes eran y qué perseguían. Por otra parte, también cabía la esperanza de que los ruidos que acababan de oír presagiaran su pronta liberación.

Ése era precisamente el temor de Anselmo, quien optó por congeniar con su víctima por si acaso la situación daba un vuelco.

–Usted no tema –dijo poniéndole la mano en el hombro–. Si esto se pone feo, le dejamos aquí y todo olvidado. Descuide que no le haremos ningún daño.

«Eso lo podías haber dicho antes de meter tus manazas en mi boca», pensó el sacerdote.

Mientras Anselmo hacía nuevas amistades, Ricardo

avanzaba en busca del ruido. Venía del fondo del pasillo de la primera planta. Según se aproximaba, sonaba más nítido el estribillo: «*¡You'll be thunderstruck!*», repetía una voz que muy bien podría ser la de Lucifer con faringitis.

Casi al final del larguísimo pasillo, unas escaleras descendían a la derecha y acababan ante dos grandes puertas. Detrás de ellas estaba la música. No era por tanto en el exterior, como había aventurado, donde estaba el enemigo, sino dentro, compartiendo la misma guarida.

Allí no sólo se escuchaba la canción: también percibió el ruido de voces mezcladas con los guitarrazos.

Decidido a llegar hasta el final, bajó los peldaños y una vez abajo aplicó la oreja contra la madera para distinguir algo más. Pero todas las precauciones fueron inútiles: la puerta abría hacia el interior y Ricardo se apoyó con tanta decisión que la empujó sin querer y de repente se vio con medio cuerpo dentro de la vieja capilla del sanatorio.

Había más de veinte personas en aquel recinto, pero a nadie pareció importarle su llegada. Era una reunión muy liberal.

Presidía el cónclave un enorme radiocasete colocado en lo que había sido el altar. En él sonaba, con el volumen al máximo, la música de AC/DC. A su alrededor, repartidos por el suelo de una iglesia en la que ya no quedaba un triste banco, chicos y chicas de pelos revueltos y atuendos multicolores se entretenían comiendo sardinas en aceite, unos, bebiendo vino otros, fumando porros los más, meneándose con frenesí alguno... sin que faltara el que todavía era capaz de dormir, a pesar del ruido, ni el bulto móvil que, bajo una lona, hacía sospechar que dentro había dos en uno.

El sitio estaba iluminado con velas colocadas en todos

los salientes. Ése era el único recuerdo de la antigua ocupación religiosa del lugar.

Además de personas, en el suelo había colchonetas, mantas, latas, botellas, trozos de pan, colillas, una pierna ortopédica y un perrillo peludo que mantenía una lucha feroz con un hueso.

Ricardo dedujo en un instante que había aterrizado en una convención de jóvenes vagabundos, un congreso *punk* o la asamblea anual de «okupas» del lugar. Desde luego, no se trataba de *boy scouts*.

Nadie se extrañó de su presencia. Hubiese podido entrar con su hermano y el obispo y les hubiesen hecho el mismo caso. Ricardo lo notó y pensó que no serían precisamente esos vecinos quienes dieran aviso a la guardia civil.

Mientras observaba la caótica escena donde había aparecido, un tipo esmirriado, cuyo pelo grasiento le caía sobre los ojos, se levantó de un rincón junto a la puerta y se dirigió a Ricardo como si fuera uno más de la fiesta.

–¿Tienesss papelillosss, colega? –preguntó arrastrando la lengua.

–Eeeehhh... se me han acabado –contestó el secuestrador para salir del paso.

El demandante se encogió de hombros, dio la vuelta y miró a su alrededor a ver dónde hallaba tan preciado producto. Todos tenían cara de recién levantados de la siesta. Antes de que se alejara, Ricardo le agarró del hombro para averiguar qué hacía allí esa tribu.

–Oye, estoy buscando a un colega. ¿Lleváis mucho tiempo por aquí?

El zombi del cabello pegajoso miró a Ricardo sin descodificar, a través de su flequillo, y le contestó con desgana.

–Yo passo aquí el verano. No veass, tío, lo fresquito

que se está en el campiri. Así se ha llenao esto de pringaos, que son todos unos pringaos –dijo señalando a la concurrencia.

–¿No ha venido nadie a echaros?

–¿Quién nos va a echar, tío?

–¿No vienen por aquí los picoletos?

–¿Los picoletoss? Aquí no viene ni diosss.

Y dicho eso, el escurrido decidió que ya le habían entretenido bastante y cortó la conversación para seguir la caza del papel de fumar. Pero Ricardo no necesitaba más información. Con saber que la guardia civil no tenía el sanatorio entre sus rutas, le bastaba para quedarse confiado a pasar la noche. Porque aquellos vecinos podían ser ruidosos, pero seguro que la curiosidad no figuraba entre sus hábitos ni el chivatazo entre sus pasiones. Por otra parte, dudaba mucho que uno solo de ellos, ni siquiera con el que había hablado, fuese capaz de recordar su paso por allí.

Entonces retrocedió y salió decidido en busca de sus compañeros.

Cuando llegó hasta ellos, Anselmo seguía ganándose las indulgencias plenarias y el obispo soportaba estoicamente (con el estoicismo irremediable del amordazado) su amistosa perorata.

–Sin problemas –se oyó decir a una voz detrás de la linterna–. Es una pandilla de colgados; punkis y gente de ésa.

–O sea, que hay gente –repuso Anselmo, sin el más mínimo optimismo.

–Lo que te he dicho: cuatro colgados –insistió Ricardo rebajando el número de asistentes–. Como les echan de los pueblos, se meten aquí. Sin ningún problema. Hazme caso. Tú vete a la furgoneta y coge las mochilas, las colchonetas, comida y lo que veas. Yo voy a subir con el monseñor a una de las primeras habitaciones que hay a la izquierda. Cuando vuelvas, te coges también la silla y la subes para arriba.

Anselmo obedeció. Era mejor fiarse de su hermano que seguir buscando otro acomodo donde finalizar aquel día nefasto. Además, todo empezaba a darle lo mismo.

Desataron la pierna del obispo y Ricardo le condujo hasta un cuarto de la planta superior. Allí le ató, otra vez por el tobillo, a un radiador que había bajo la ventana. Después le pidió que abriera los labios para liberarle del gancho que le impedía hablar.

–¡Esto es una tortura inaguantable! –dijo el obispo en cuanto pudo mover las mandíbulas a sus anchas.

–Peor sería que le cortásemos la lengua –replicó Ricardo, recordando su paso por el pozo–. Si fuese un buen cristiano no se quejaría tanto.

Al obispo le pareció que recibir una lección de catecismo por parte de un secuestrador era mucho más de lo que podía tolerar.

–¡Me quejo porque me da la gana! –exclamó enojado–. Y además, ¿se puede saber de una vez qué queréis de mí?

–Nada en particular. Sólo que nos ayude a salir de un apuro.

–¡Pues mal os podré ayudar en estas condiciones!

–No, si usted no tiene que hacer nada. A nosotros lo que nos ayudará es que paguen por su rescate.

«He caído en manos de un par de chalados —pensó el obispo—; chapuceros y chalados.»

–¡¿En serio pensáis que alguien pagará por mi rescate?!

–Pues claro.

–¡No, hombre, no! La Iglesia no paga por evitar el tormento a sus ministros. ¡Al contrario! La Iglesia se enorgullece de sus mártires, pero pagar no paga nunca. ¡Ni un duro!

–Ya lo veremos –repuso Ricardo.

–Pues ya lo veréis, ya. Por cierto que yo también quiero ver algo –dijo el obispo haciendo ademán de quitarse las gafas.

–¡Quieto! –exclamó Ricardo–. Yo le diré cuándo se puede quitar las gafas.

–¡No pensaréis tenerme así todo el día!

–Cuando suba mi hermano se las podrá quitar.

–¡Ah!, con que sois hermanos.

Ricardo se dio cuenta de que había cometido un desliz imperdonable. Se le había escapado un dato comprometedor e intentó arreglarlo.

–Bueno, ya me entiende. Lo de hermanos es una expresión entre nosotros. Quiere decir que somos del mismo clan. Es como lo del padrino y esas cosas.

–Ya. ¿Y de qué clan sois vosotros?

–Eso no se lo puedo decir.

–No me extraña, porque no estáis quedando en muy buen lugar. No creo que haya otros secuestradores más malos que vosotros.

–Oiga, no se pase, que nosotros no nos hemos metido con nadie.

–¿Ah, no? ¿Y entonces quién se está metiendo conmigo?

Ricardo no sabía bien qué contestar, pero no tuvo necesidad de hacerlo porque en ese momento llegó su hermano y se añadió a la charla aportando otro traspiés de su cosecha.

–Oye, Ricardo, no encuentro el salchichón –dijo Anselmo mientras entraba empujando la silla de ruedas cargada de cosas.

Su hermano le chistó y le observó con un gesto de

cólera. Se produjo un breve silencio. De abajo llegaba el ruido de la fiesta de los vagabundos.

–¿Qué pasa? –preguntó Anselmo en voz baja, extrañado de que le mandase callar.

El obispo le hizo comprender inmediatamente cuál había sido su error.

–Así que uno de mis hermanos se llama Ricardo –dijo sonriente–. ¿Y el otro?

–El otro se llama Nabucodonosor –contestó Ricardo muy irritado–. Le va a dar igual meterse en averiguaciones porque usamos nombres falsos. Y además, no empiece a enredar porque entonces no le quito las gafas y encima se queda sin cena. ¿Estamos?

«Siempre hay un buen motivo para callarse», pensó el obispo, para quien la alusión al ayuno era más de lo que podía soportar tras una jornada azarosa.

Una vez alcanzado el acuerdo por la vía de la amenaza, y después de poner un poco de orden, ambos hermanos se cubrieron la cabeza con pasamontañas, le quitaron las gafas opacas al obispo y repartieron con él la comida que llevaban: queso, embutido y pan.

Sólo cuando empezaban a comer, Anselmo y Ricardo percibieron un inconveniente: el pasamontañas que habían escogido como máscara también les tapaba la boca.

–Primero tendréis que comeros la tela –dijo el obispo al darse cuenta del fallo.

Molestos por el comentario, los dos hermanos decidieron darle la espalda. De esa manera, al menos pudieron alzar el pasamontañas hasta la nariz y masticar, mientras su rehén no veía de ellos otro rasgo identificador que no fuera el cogote.

En cuanto comió lo mínimo imprescindible para no desfallecer, y después de pegarle un tiento a la cantimplora, el obispo retomó la conversación.

–Me parece que a vosotros este lío os viene un poco grande.

Después de los primeros sofocos, tras comprobar que sus captores eran inexpertos, estaba dispuesto a socavar su moral por la vía psicológica.

A esta andanada no respondió ninguno de los dos. Anselmo y Ricardo se miraron, hicieron un gesto de fastidio y siguieron dándole la espalda, como si estuvieran enojados. Pero el obispo no estaba dispuesto a ceder.

–Se nota que hacéis esto a la fuerza. ¿Quién os ha obligado?

Ricardo le hizo un gesto a su hermano para que no contestara. Sólo se oyó el rumor del jaleo que llegaba desde la capilla.

–Pues yo aquí no duermo si no paran esa música –murmuró ahora el obispo.

Ricardo ya no pudo aguantarse más.

–Pues quédese despierto toda la noche, porque de aquí no nos movemos.

–¡Pues vaya sitio que habéis escogido! ¡Un sanatorio de tuberculosos y encima en ruinas! ¿Es que no había nada mejor?

Eso ya era demasiado, pensaron los dos hermanos al unísono. Podían culparse de haber descubierto uno de sus nombres y el lazo familiar que los unía, pero ninguno de los dos recordaba haber dado ninguna pista del lugar donde se habían refugiado. Eso era mucho más de lo que podían consentir a su rehén.

–¡No estamos en ningún sanatorio! –dijo Ricardo, con ganas de volverse para replicar–. Ya que se cree tan listo, se podía haber dado cuenta de que estamos en un almacén lleno de «okupas» en las afueras de una ciudad que jamás podrá adivinar.

–De eso nada: estamos a veinte minutos de Tarazona, en el sanatorio de Agramonte –replicó tozudo el obispo.

–¿Pero de dónde saca semejante idea? –dijo Anselmo.

–Pues mira: primero porque he notado que subíamos por una carretera con muchas curvas, segundo porque me llega el olor de los pinos y tercero porque en esta silla de ruedas hay una chapa que pone «Sanatorio de Agramonte». ¿Algún detalle más?

Ricardo dejó de comer. Se bajó el pasamontañas hasta la barbilla, cogió la linterna, que iluminaba al techo, y enfocó a la silla. Efectivamente: en el lateral de uno de sus brazos, sujeto con cuatro remaches oxidados, había un cartelito que identificaba al establecimiento propietario de aquel ingenio ortopédico.

–Claro que a lo mejor no sabíais dónde estábamos... –dijo el obispo haciendo gala de su compasión cristiana.

–Mejor no diga nada –replicó Ricardo, mientras se sentaba totalmente derrotado.

–Bueno, chicos: tampoco hay que tomárselo así. –El obispo paladeaba el triunfo y estaba imparable–. Le puede pasar a cualquiera. Además, este sitio no es tan malo. Si se fuesen los de la música sería perfecto. Bueno, perfecta sería mi cama, pero ya no voy a discutir por eso. Supongo que mañana ya estaremos en casa... ¿porque no pensaréis seguir mucho rato con esta comedia?

–Seguiremos lo que haga falta –contestó secamente Ricardo–. Hasta que cobremos.

–Bueno, bueno. Ya veremos. La verdad es que, pensándolo bien, casi me hacéis un favor. Las fiestas son muy pesadas. Te tienes que pasar todo el día en actos oficiales. Que si recepciones, que si desfiles... ¡con lo poco que a mí me gusta el protocolo! Sólo por ese favor ya tendría que pagaros algo.

–Pues si llegamos a un acuerdo ahora mismo, no se hable más –se apresuró a decir Anselmo.

–Ya me gustaría, ya; pero no tengo un duro. Habéis ido a parar al obispo más pobre de España. ¡Pero hombre, a quién se le ocurre! Puestos a secuestrar a un clérigo, hay que ir a por el cardenal de Toledo, el arzobispo de Zaragoza o cargos así. Pero mira que caer en la diócesis de Tarazona... ¡si casi nadie sabe que en Tarazona hay obispo!

–Ustedes siempre se quejan –intervino Ricardo–, pero seguro que tiene un palacio lleno de obras de arte. ¿Y qué me dice del tesoro de la catedral?

–La catedral está en obras y el palacio vacío. Como no intentéis canjearme por una torre mudéjar, me parece que no hacéis negocio.

–Seguro que nos miente –dijo Ricardo.

–No tengo necesidad. Además me estáis empezando a caer simpáticos. Yo siempre me pongo al lado del que sufre y noto que vosotros lo estáis pasando bastante mal. Seguramente peor que yo.

–Como vuelva a hacer una insinuación de ese tipo, le bajo con los vagabundos y les digo que monten una misa negra –dijo Ricardo–. Y se acabó la charla. Ahora todos a dormir.

–¿Dormir? –preguntó el cura–. ¿Os parece que hemos dormido poco? Yo no tengo ganas de dormir.

–Pues cuente ovejitas o rece el rosario. Haga lo que le dé la gana; pero se acabó la charla porque me está poniendo nervioso.

Ricardo necesitaba hacer valer su autoridad. Tras cortar la conversación, se caló el pasamontañas y empezó a extender las colchonetas. Pero entonces su rehén se sintió obligado a recordarle que también era su huésped.

–Supongo que me haréis una almohada.

–Como no se calle, le hago dormir con la cabeza encima del radiador –contestó Ricardo.

–¡Ah! ¡Encima con amenazas!

–¡Hombre, es que se está poniendo un poco pesado! –intervino Anselmo.

–¡Ni yo he pedido venir aquí, ni he pedido dormir ahora... así que exijo mi almohada!

–El bozal es lo que le voy a poner como no se calle –Ricardo seguía duro.

–Pues berrearé y gruñiré, ¡tendréis que matarme, porque no me callaré hasta que tenga almohada!

Ricardo meditó si no sería mejor volver atrás y tirarle al pozo de los Aines, donde no le faltaría monaguillo para decir misa. «Como sea igual con los sermones, cualquiera le aguanta», pensó. Estaba a punto de decir algo más fuerte, pero su hermano le contuvo. Anselmo, más templado, se limitó a juntar unas cuantas prendas que extrajo de la mochila, hizo con ellas un ovillo y las metió en la funda de las colchonetas.

–Aquí tiene una almohada. Y ahora pórtese bien.

El obispo recogió el hatillo mirándolo con poco aprecio.

–Mañana tendré tortícolis –refunfuñó–; eso si no cogemos chinches o algo peor.

Ricardo dijo algo sobre Nerón y los cristianos. Anselmo, sin embargo, estuvo más receptivo a los comentarios del cura y sintió diversos picores por todo el cuerpo. Y aún sentiría mayor comezón después, cuando apagaron la linterna y el obispo siguió hablando solo, haciendo un repaso a todas las enfermedades cutáneas que se podían adquirir por dormir en un lugar de aquellas condiciones. Como no tenía sueño, y estaba incómodo con la pierna atada al radiador, decidió devolver a sus carceleros un poco de su misma cortesía. A Ricardo no le afectó mucho, porque se durmió con la cantinela. Pero Anselmo sufrió por los dos y, aunque le pidió varias veces que se callase, el rato de charla que hubo de soportar repercutió considerablemente en su moral. Y luego tuvo horribles pesadillas con cucarachas y piojos gigantes.

# II
# VIERNES

A la misma hora que Antonio Oreste cerraba sus maletas y repasaba la casa para asegurarse de no olvidar nada importante, Laura Sobredo atendía las instrucciones del director de su periódico antes de salir hacia Tarazona.

–Sobre todo que sea humano. Me interesa menos lo que diga el alcalde como que puedas hablar con el ama de llaves del obispo.

–Pero eso lo puede hacer María, la corresponsal –dijo Laura–. A mí me interesa descubrir lo que se esconde detrás de la desaparición del obispo.

–¡Tú haces lo que yo te diga! María que recoja la opinión de las fuerzas vivas del pueblo y tú buscas el lado humano. ¡Y vale!

–Pero hombre, jefe...

–Ni jefe, ni gaitas. Hoy no necesitamos más. Según pasen los días ya veremos si hay tiempo para investigar.

Ahora me buscas el lado humano y vale con eso. Emoción, tristeza, lágrimas. ¡Eso es lo que quiero, Laura!

–Pero es que yo llevo tiempo siguiendo el asunto de las obras de la catedral y esto puede estar relacionado.

–Me parece muy bien. Ya tendrás tiempo de seguir con eso, pero primero me mandas un par de entrevistas humanas, ¡que sean muy humanas! Tienes ciento veinte líneas para cada una. ¡Y que hagan llorar! Después ya hablaremos de investigaciones.

–Lo que tú mandes, jefe. Pero nos van a pisar la exclusiva.

–Anda, marcha y déjate de aventuras. ¡Y manda exactamente lo que te he dicho!

Cuando la chica dejó el despacho, el director se quedó gruñendo por la fiebre aventurera de sus reporteros y volvió al editorial sobre precios agrarios que escribía en ese momento.

–Todos quieren descubrir el *Watergate*, pero nadie me escribe una línea de cebollas y ajos –masculló mordiendo un cigarro.

Pocos minutos después de recibir las instrucciones, Laura montaba en su Opel Corsa de color indefinido –en tiempos lejanos había sido gris plateado– y ponía rumbo a Tarazona.

En ese mismo momento, y por la misma autopista pero en dirección contraria, salía a toda velocidad Antonio Oreste. Una tarde le había bastado para comprender que sacar algún beneficio del obispo era una tarea tan inútil como arriesgada.

A su vuelta de Tarazona había realizado un par de consultas entre viejos conocidos de la cárcel y ambos le habían pronosticado lo mismo: que no pensase sacar nada de aquel asunto. Sin embargo, lo que más le descorazonó fue oír en las noticias del viernes por la mañana que la policía sospechaba que detrás de la desaparición del obispo no había una banda de delincuentes comunes, sino un grupo terrorista, y que las autoridades civiles y religiosas estaban de acuerdo en no aceptar ninguna negociación. Las informaciones añadían que se había efectuado un gran despliegue para localizarle y que se le suponía oculto en algún zulo por la parte de Navarra.

«Como para andar especulando», pensó Oreste. Le hubiese gustado avisar a los hermanos, pero no tenía medios para hacerlo ni podía perder un minuto. Su rostro era el único que los testigos podrían reconstruir con todo detalle, por lo que convenía poner tierra por medio cuanto antes. Decidió pasar una temporada –larga, muy larga– con sus primos de Roma, y salió de Zaragoza con la idea de no parar para otra cosa que no fuese repostar.

Laura, sin embargo, cada vez que oía en los informativos la hipótesis del secuestro terrorista replicaba al aparato de radio con la misma expresión:

–No te lo crees ni tú –dijo también cuando ya estaba camino de Tarazona.

Laura llevaba mucho tiempo detrás de las actividades del arquitecto Rafael Rodríguez Lacarra. Tenía la certeza de que estaba metido en asuntos muy turbios y uno de ellos era la restauración de la catedral de Tarazona: hacía diez años que la catedral estaba patas arriba y Laura tenía la sospecha de que detrás de una restauración tan prolongada, de la que aún no se veía ningún resultado, había algún asunto sucio del arquitecto.

–Sí, sí, terroristas... ¡terroristas de regla y compás! –dijo Laura tras oír el último noticiario.

El coche tragaba asfalto por la autopista a poco más de cien kilómetros por hora. Todos los que llevaban su misma dirección le adelantaban y desaparecían por el horizonte.

–Corred, corred, que a mí me sale gratis.

Era más fácil pensar al ritmo lento de su viejo coche. Y Laura se preguntaba si el obispo de Tarazona habría descubierto algo tan importante como para que Rodríguez Lacarra se viera obligado a contratar a unos matones para eliminarle.

Ella había estado muy cerca de descubrir algo gordo en el caso de la urbanización de la Ronda Sur, pero le faltó el documento que probara lo que Laura sabía: que Lacarra se había embolsado mucho dinero manipulando los presupuestos. También había algo oscuro en la construcción del pabellón de deportes. Pero lo que más extrañaba a Laura era el caso de la catedral. Se preguntaba qué rendimiento obtenía de un edificio antiguo, donde no había terrenos con los que especular, ni se podía cargar la mano en materiales caros y adornos superfluos de los que arañar comisiones.

No era la primera vez que Lacarra trabajaba en edificios antiguos. Lo había hecho en diversas iglesias de pueblos. De hecho su padre y su tío, que fueron contratistas, habían realizado durante muchos años ese tipo de obras. Pero Laura estaba segura de que no lo hacían por amor al arte. Tenía que haber algo turbio y, aunque todavía no encontraba la respuesta, estaba segura de que la clave podía estar en la extraña desaparición del obispo de Tarazona.

■

En la ladera del Moncayo, los ocupantes de las ruinas del sanatorio de Agramonte tardaban en despertar. Los de la capilla porque se pasaron la noche de juerga y, fieles a sus costumbres, se derrumbaron al amanecer. Los de la habitación porque se desvelaron más de la cuenta:

unos por las pesadillas y el agobio del pasamontañas, el otro por la incomodidad de estar atado por el tobillo. Los tres cogieron el sueño bueno muy tarde y empezaron a abrir los ojos alrededor de las diez.

El obispo fue el primero. Cuando lo hizo observó que sus compañeros de habitación tenían la cara al descubierto. Debido al calor, Ricardo se había subido el pasamontañas hasta las cejas, como si fuese un gorro. Anselmo, más sofocado aún, se lo había quitado y estaba a sus pies.

–¡A mí la guardia civil! –exclamó el obispo como saludo entusiasta.

Los dos hermanos brincaron y echaron mano el uno del otro, aturdidos y consternados. Primero se vieron las caras y a continuación observaron el rostro de su rehén, que sonreía con toda la malicia que le permitía su religión.

–Siempre os pillo durmiendo –dijo gozoso el clérigo.

Ricardo iba a estallar en cólera para liberar la tensión del susto, pero su hermano le hizo notar algo más urgente.

–¡El pasamontañas! –gritó Anselmo–. ¡Bájate el pasamontañas!

Todavía no se había dado cuenta de que a él también le faltaba. Lo hizo inmediatamente: lo recogió del suelo y se lo caló a toda prisa. Al revés, eso sí, con el agujero para los ojos en la nuca. Pero eso era lo de menos: lo importante era cubrirse. Aunque su rehén no perdió la oportunidad para desalentarlos.

–No sé para que os tapáis, si ya os tengo muy vistos.

–Me está poniendo de los nervios –balbuceó Ricardo, mientras su hermano se esforzaba por darle la vuelta al capuchón.

–Nervios los que he hecho yo cada vez que quería

darme la vuelta y me pegaba un tirón en el tobillo –dijo el cura.

Anselmo contuvo a su hermano para que no siguiese la discusión. Le dijo que convenía marcharse a un sitio más escondido y que ya tendría tiempo de discutir en la furgoneta.

–Eso será si no le pongo antes el bozal –dijo Ricardo, dispuesto a no dejarse avasallar.

El miedo a sufrir otra vez el molesto artefacto bucal hizo que el cura prometiese no meter cizaña durante un rato. Estuvo contenido mientras recogían las cosas. Se dejó poner las gafas opacas y no protestó cuando Ricardo le esposó a su muñeca. Ni rechistó cuando le advirtió que no dijera una palabra hasta que estuvieran dentro del vehículo.

Después de recoger todo, menos la silla de ruedas, salieron sigilosamente. En el exterior no había nadie. Cruzaron rápidamente hasta la furgoneta y, mientras Ricardo se acomodaba con el rehén en la parte trasera, Anselmo se sentó al volante y arrancó con decisión. Pero apenas había recorrido cien metros por el camino cuando le surgió una duda.

–Oye, ¿y ahora adónde vamos?

«Buena pregunta», se dijo el obispo. Permanecer en silencio, después de oír algo así, era demasiado pedir para su creciente malevolencia.

–Si quieres, yo te puedo decir un par de sitios –dijo disfrutando del despiste de sus captores.

–¡Usted se calla! –dijo Ricardo–. Tú tira para delante y ya te diré dónde paramos –añadió alarmado por la inocencia de su hermano mayor.

Pero Anselmo llegaba a la bifurcación, al final del camino de tierra, y no sabía qué era delante y qué detrás. Y como su hermano había asumido el papel de cerebro de la operación, estaba dispuesto a consultar cada detalle.

–Sí, muy bien, ¿pero hacia dónde es delante?

–Vete a la derecha.

–¿Y qué tal una fuente para lavarnos y desayunar? –intervino el cura–. Así nos aseamos y de paso pensáis adónde ir.

«Es repugnante –pensó Ricardo–, repugnante, pero tiene razón el condenado.» El propio Ricardo todavía olía a tomate y no le vendría mal remojarse. Aunque para ello tenía que claudicar.

–Busca una fuente, anda –dijo a su hermano–. Vamos a hacerle caso, aunque sólo sea por no oírle.

–Más que por no oírme, será porque tenéis hambre. ¡Reconocedlo!

–Sí señor; por lo que usted diga –dijo Ricardo, medio desesperado–. Anda, Anselmo, busca una fuente bien grande a ver si se calla.

En absoluto se podía callar ahora que Ricardo, sin advertirlo, acababa de revelarle el nombre que le faltaba. Qué mejor excusa para seguir la charla.

–Así que Anselmo es el nombre del conductor. ¡Anselmo y Ricardo! Muy bien, pues yo me llamo Ramiro, pero la verdad es que nadie me llama así. Ya me he acostumbrado a que me llamen «padre» o a que me llamen «oiga usted», que es lo más común cuando no saben qué trato darme. También hay alguno que me llama «monseñor», incluso alguna vez me han llamado «eminencia». ¡Como si fuese cardenal! ¡Qué disparate! Aunque casi es mejor que te llamen «eminencia» que no «ilustrísima»... «su ilustrísima», que suena como si llamasen a la señora de un ministro.

–No se preocupe que nosotros no le vamos a llamar nada de eso –dijo Ricardo–; pero ¿por qué no se calla?

No podía hacerlo. Si no había amenaza, no había silencio. Por tanto el obispo siguió relatando cosas de su oficio hasta que Anselmo divisó una corriente de agua y se metió por un camino paralelo. Cinco minutos después paraba junto a un remanso del torrente.

Descendieron los tres. Ricardo abrió las esposas del rehén y le dijo que podía lavarse, pero con las gafas puestas. El cura dijo que así no había manera de quitarse las legañas. Discutieron. Ricardo acabó cediendo y pidió a su hermano que se cubriera con el pasamontañas, como hizo él mismo.

–Esto es un engorro –comentó Anselmo mientras el obispo se lavaba.

–Calla y aguanta.

–No sé para qué nos tapamos, si ya nos ha visto la cara dos veces.

Ricardo pensó que su hermano no ayudaba a mantener la moral alta. «A este paso tendré que llevar secuestrados a los dos –se dijo–, y eso que Oreste decía que era muy fácil.»

Cuando el obispo finalizó sus abluciones, volvieron a colocarle gafas y esposas y se turnaron para lavarse y vigilarle.

Una vez aseados todos, Anselmo rebuscó en la furgoneta para preparar el desayuno. Comida no faltaba. Estaba todo lo que habían comprado para su estancia en el chalet de Grisel: latas, sopas de sobre y cosas así. También había leche en envases de cartón y varias bolsas de magdalenas. «Con lo bien que me sentaría un café», pensó Anselmo mientras recogía lo poco que servía para desayunar.

Al obispo le colocaron el alimento en las manos y le dieron a beber la leche directamente del cartón. «Como un bebé», pensó el sacerdote.

Las magdalenas estaban sabrosas. Todavía olían a horno. Cuando Anselmo mordió una de ellas, sintió que volvía muchos años atrás y se le escapó un recuerdo infantil.

–Una vez que mamá había hecho magdalenas, escupí en el molde porque me había castigado y decía que eran todas para ti –dijo rebuscando en el tiempo perdido.

A Ricardo se le atragantó la que comía en ese momento.

–¡Hay que ser guarro! –dijo sin poder contenerse.

–Ya ves, cosas de críos. Luego me levantó el castigo y me tuve que comer mi propio escupitajo para que no sospechara nada.

Ricardo prefirió no tomar nada más. Lo poco que había ingerido comenzaba a revolvérsele en el estómago.

–Creí haber oído que no erais hermanos de verdad –apuntó el obispo aprovechando el comentario.

–Me parece que vamos a dejar de serlo –dijo Ricardo–. Venga, acaba que nos vamos antes de que me ponga malo, que no das una. ¡Sólo falta que enseñes el carnet de identidad!

Anselmo era insensible a la reprimenda de su hermano. Después de los primeros nervios, empezaba a asumir que aquel secuestro era un fracaso y sólo quedaba esperar a que los prendieran. Podía ser en diez minutos o en diez días, pero no le cabía ninguna duda de que sus pasos de las últimas semanas les llevaban, por este orden, de la hostelería al hampa y de aquí a prisión (y más valía pensar en la cárcel que en el cementerio).

Con esa resignación, se hallaba listo para aceptar cualquier cosa. Nada podía humillarle. Pero su hermano era mucho más severo.

Ricardo, después de encadenar nuevamente a su prisionero en el interior de la furgoneta, cogió aparte a su hermano y le comentó su intención de dirigirse a las cuevas de Maderuela.

–¿Te acuerdas? Por esa zona hay muchos agujeros y en alguno podremos meternos.

–¿Y por qué no nos vamos a Zaragoza y nos encerramos en casa hasta el domingo? –objetó Anselmo, harto de cuchitriles.

–Porque no. Porque habrá controles en la carretera.

No había nada más que discutir. Montaron y Anselmo condujo por la pista de asfalto que descendía hacia el monasterio de Veruela. Iba atento para no pasarse el camino a la izquierda que, ya bastante abajo, conducía a la zona seleccionada por Ricardo como nuevo escondite.

A ambos lados crecían numerosas encinas, quejigos, robles enanos y carrascas. Las cunetas se hallaban tan tupidas que por allí sólo podían circular a sus anchas los conejos.

Cuando avistó un camino que podía ser el de ellos, paró y consultó con su hermano. Ricardo se asomó y le pareció que igual podía ser ése que otro: habían pasado quince años desde que estuvo allí por última vez. Decidieron adentrarse.

El camino arrancaba con una fortísima pendiente y después seguía subiendo, más suave, describiendo curva tras curva.

Tras un rato de ascensión, apareció entre los árboles un gran roquedal perforado por numerosos agujeros. Allí estaban las cuevas de Maderuela. Pero cuando Anselmo tomó un par de curvas más y ya estaba cerca de las rocas, observó algo que le hizo frenar en seco.

–¡Cuidado, Ricardo! –exclamó–. ¡Hay gente!

«Lo que faltaba», pensó su hermano. Pero no dijo nada: se abalanzó sobre el obispo y le puso la mano en la boca.

–No se le ocurra decir nada –susurró en su oído.

El clérigo gimió molesto y agitó la cabeza con tanta fuerza que las gafas salieron volando. Ricardo apretó un poco más para inmovilizarle, hasta que le hizo daño y el cura se serenó, aunque sus ojos decían todo sobre lo que en ese momento pensaba de Ricardo. «Y lo peor –pensó el menor de los Moreda–, es que ahora sí que se quedará con mi cara.»

Mientras tanto, en la cabina, Anselmo buscaba un sitio donde dar la vuelta y salir de estampida para evitar la curiosidad del montón de niños que había visto al pie de las cuevas. Pero los chavales ya se habían fijado en él y le señalaban con el dedo, unos, mientras otros agitaban los brazos llamando su atención.

–¡Anda que son pocos! –exclamó–. Esto debe de ser una excursión.

–¡Pues da la vuelta! –dijo Ricardo.

–¡Ya voy! A ver si te crees que aquí hay espacio... Tengo que subir un poco.

–¡Haz lo que quieras, pero vámonos de aquí!

Para poder maniobrar, Anselmo necesitaba subir casi hasta donde estaban los críos. Pero lo peor no era eso: lo más preocupante era comprobar que un grupo de chavales también avanzaba corriendo hacia él y que por detrás de ellos aparecían unos adultos que gesticulaban llamando su atención.

–¡Y ahora qué querrán éstos!

En pocos segundos, unos veinte chicos y chicas se plantaron delante de la furgoneta. Anselmo comprendió que sólo una masacre le permitiría zafarse de semejante marcaje. Y aunque atropellase a todos, enfrentarse a los monitores que venían detrás –sensiblemente más fuertes– sería demasiado trabajo.

–¡Atento, Ricardo! Me parece que vienen a pedirnos algo.

No entendía el griterío de los chavales, pero comprendió en seguida al primer adulto que llegó hasta su ventanilla: un hombre de mediana edad, con aspecto de profesor, que le abordó muy nervioso sin entretenerse en saludos protocolarios.

–¡Se nos ha caído un chaval y hay que llevarlo al pueblo! ¿Puede bajarnos?

En ese momento, Anselmo vio que bajaban dos adultos más con un chico en brazos. El niño tenía sangre por la cara, pero compadecerse sería su ruina.

–Pues lo siento mucho –dijo titubeante–, pero es que yo tengo que ir hacia arriba, hacia el monte.

El monitor le miró perplejo antes de ponerse muy serio.

–¡Pues primero baja al chico y luego sigue al Moncayo! Es un asunto urgente, así que abra atrás para meter al niño.

«Me parece que no vale resistirse –pensó Anselmo–, si no, de aquí no salimos vivos.»

–Bueno, bueno. Metan al niño aquí delante.

Ricardo no podía creer lo que estaba oyendo. A su prisionero también le costaba creer que hubiese caído en manos de unos tipos tan desgraciados.

Anselmo abrió la puerta para que metieran al chaval. Sólo rogaba que a nadie se le ocurriera descorrer la cortina que ocultaba la parte trasera. Los dos jóvenes que cargaban con el accidentado lo dejaron en el asiento del copiloto. El chaval gemía y se quejaba. Llevaba una brecha en la frente de la que brotaba sangre que intentaba contener con un pañuelo.

–Ahí está muy bien –dijo Anselmo cuando lo instalaron–. ¡Hala, vámonos!

Antes de que pudiera cerrar la puerta, el hombre que le había exigido su ayuda se introdujo en la furgoneta y se sentó junto al chaval.

–¿Y usted adónde va? –dijo Anselmo.

–Pues adónde vamos a ir... al médico de Vera del Moncayo, a que le den unos puntos.

–Ya, pero no hace falta que le acompañe nadie, ya me encargo yo.

–¡De eso nada! Yo no abandono a mis chavales. ¡Vamos para abajo!

El hombre pasó el brazo por el hombro de su protegido. Anselmo no sabía qué hacer. Imaginaba a su hermano detrás, al borde del infarto, y casi le extrañaba que pudiese controlar la situación.

–¡Tranquilos todos! –exclamó Anselmo, como si quisiera dar ánimos a los recién llegados, pero hablando en realidad para Ricardo–. ¡No pasa nada! Nada de nada.

–Eso espero –musitó el monitor.

El niño lloriqueó un poco.

Anselmo se encomendó a su santo patrón, maniobró y tomó el camino de descenso despedido por decenas de manos infantiles. Todos los niños del grupo excursionista le saludaban como si fuese el héroe de la jornada, mientras Anselmo pensaba si tendría tiempo de deshacerse de sus inesperados huéspedes antes de que descubrieran la clase de mercancía que llevaba detrás.

■

Cuando Laura hacía su entrada en Tarazona, aún no se habían cumplido veinticuatro horas de la desaparición del obispo. Lo primero que percibió no hacía pensar en una jornada de luto. Las calles estaban llenas de jóvenes vestidos con blusones de mil colores que armaban bulla en cada esquina.

Al ayuntamiento no se le había ocurrido suspender la fiesta por la desaparición. Eso era mucho pedir. Los concejales convencieron al alcalde de que con un comunicado de repulsa había bastante para ir tirando. Ya se encargaría la evolución de los hechos de dictar los siguientes pasos.

–Mientras no haya cadáver, no hay suspensión –asumió resignado el primer edil.

Laura estaba citada con María, la corresponsal del periódico en la comarca, en la cafetería del hotel Ituri Asso. Y allí se la encontró esperando.

–Bueno, cuéntame qué se dice –solicitó Laura tras el intercambio de saludos.

–Pregúntame mejor qué es lo que no se dice, porque yo he oído de todo. ¡Hasta que se ha fugado con una farmacéutica de Tudela!

–¿Tú crees eso?

–Yo me lo creo todo, pero para fugarse con una boticaria no hace falta montar tanto lío.

–Entonces, ¿tú qué piensas?

–Seguro que lo han raptado, pero no sé quién ni por qué.

–Dime más rumores.

–Pues nada; lo normal: que es alguien que quiere sacar dinero. Como ahora hay tantos secuestros...

–¿Y lo de los terroristas?

–También puede ser, pero eso es más raro.

–Cuéntame cómo es el obispo.

–Un hombre muy normal. Tiene cincuenta y dos o cincuenta y tres años, es más bien pequeño y delgado. Normal. Se lleva bien con la gente. Es campechano. Bastante hablador. En fin, lo que es un cura.

–¿Dónde vive?

–En un piso. Tiene una señora que va todos los días a arreglar la casa y hacerle la comida.

–Con esa mujer quiere el jefe que hable, pero me vas a hacer un favor: búscala y hazle una entrevista. Que te cuente cómo es la vida diaria del obispo, lo que come, las manías que tiene y todas esas bobadas. Yo quería aprovechar para mirar otras cosas porque tengo una corazonada. No se lo cuentes a nadie, pero tengo el presentimiento de que la desaparición de este hombre tiene algo que ver con la restauración de la catedral.

–Eso es el cuento de nunca acabar.

–Por eso mismo, María, por eso mismo. ¿Tú sabes si hay alguna persona de aquí que vaya a seguir de cerca las investigaciones?

–Me imagino que los de la policía municipal. Sé que el alcalde les ha pedido que ayuden en lo que puedan a la guardia civil.

–¿Quién es el jefe?

–Se llama Isidro. Lo encontrarás en el cuartelillo que está un poco más abajo de la catedral, detrás del convento de San Francisco.

■

–Así que el niño se ha hecho pupa –dijo Anselmo, alzando la voz, cuando inició el descenso.

Detrás, su hermano, al borde del colapso, apretaba la boca del obispo casi hasta ahogarle. Tumbados en la parte posterior de la furgoneta, desde allí habían seguido todo el proceso que había desembocado en la llegada de dos nuevos ocupantes.

–¿Te duele, majo? –insistió Anselmo, mientras el vehículo botaba por el camino.

El chaval, que no pasaba de los doce años, lloró mientras asentía con la cabeza y dejaba caer unas gotas de sangre sobre la alfombrilla.

El monitor explicó, sin que Anselmo se lo preguntase, que estaban en un campamento a treinta kilómetros de allí. Un autocar les había dejado en el camino a primera hora de la mañana y volvería a por ellos por la tarde, después de que los chavales pasasen el día explorando el monte y sus muchas cuevas. La jornada se había estropeado por culpa del resbalón que había abierto la cabeza al muchacho.

–La próxima vez tendrás que venir al monte con casco –dijo Anselmo.

El niño no le vio la gracia. Siguió en lo suyo, que era lloriquear y lamentarse.

Anselmo tenía prisa por deshacerse de los dos visitantes. Nada más salir a la carretera, aceleró como si le fuera la vida en ello. Mientras tanto, en la parte de atrás, el obispo se hartó de la presión que ejercía Ricardo y decidió contraatacar: gimió lo más fuerte que pudo y de paso soltó una coz contra la chapa del furgón.

Anselmo estuvo a punto de quedarse paralizado. Sus compañeros se asustaron.

–¿Qué ha sido eso? –preguntó alterado el monitor.

Anselmo improvisó lo mejor que pudo.

–Es que llevo un perro detrás.

Detrás, en realidad, se libraba una confrontación que a ojos de un profano podía parecer un combate amoroso. Ricardo y el obispo no sólo estaban tendidos, frente a frente, estrechamente abrazados; además, tras la patada, Ricardo se había apresurado a trabar sus piernas con las del cura para impedirle cualquier otro movimiento.

–No me busque la ruina –susurró Ricardo.

La presión era tan grande, la postura tan incómoda,

que el obispo se tranquilizó para que le dejase respirar. «Sólo falta que pierda los nervios y me ahogue», pensó sofocado.

En la parte delantera, Anselmo hacía todo lo posible por salir del paso.

–Es un perro de mi hermano. Una fiera. Lo llevo encadenado y con bozal porque es muy peligroso y a mí me hace poco caso.

–A ver... –dijo el monitor volviéndose para descorrer la cortina.

Anselmo sufrió un repentino ataque de pánico y no se le ocurrió otra cosa que dar un volantazo. El hombre cayó sobre el niño y éste redobló sus lágrimas por el susto.

–Pero oiga... –protestó el monitor–. ¡Nos va a matar!

–¡Menudo bache! –disimuló Anselmo–. Si no giro, reviento los amortiguadores. Bueno, no ha pasado nada. Y por cierto, no toque la cortina que ese bicho es muy malo y se pone como loco cuando ve a extraños.

Al hombre, quien realmente le parecía peligroso era el conductor. Decidió no quitar ojo de la carretera por lo que pudiera pasar. Estaba deseando llegar al médico y ya no podía faltar mucho: al fondo se veía el monasterio de Veruela.

–Tranquilo, Iván –le dijo al niño–. En seguida te van a curar.

Pero antes de eso tenían que salvar un último obstáculo. Cuando estaban cerca del monasterio, Anselmo concentró su mirada en el cruce hasta comprobar que sus ojos no engañaban: lo que veía parado en la cuneta era un Nissan Patrol con los colores verdes de la guardia civil y del mismo color era el uniforme de los dos hombres que estaban al pie del vehículo.

–¿Tiene un pañuelo? –preguntó completamente acelerado.

–¿Por qué? –se extrañó el monitor.

–¡Sáquelo por la ventanilla! ¡Rápido! Yo tocaré el claxon para que nos abran paso en el cruce.

–Me parece que eso es exagerar un poco.

–¡Que exagero! –repitió Anselmo indignado–. Muy bien, haga lo que quiera. La responsabilidad del chaval es suya. Yo me lavo las manos si le pasa algo.

El niño, que ya había dejado de temer que se le salieran los sesos por la brecha, volvió a asustarse ante las prisas del chófer. Su acompañante estaba asombrado del repentino interés de Anselmo por la criatura. Y la pareja de la guardia civil, que no sabía nada de lo que se cocía dentro, se limitó a echar el alto a la furgoneta, como hacían esa mañana con todos los vehículos que circulaban por el lugar.

Anselmo tuvo un último instante de duda: ¿y si aceleraba al llegar a la altura de los guardias y salía disparado haciendo caso omiso de sus gestos? Si James Bond lo hacía, ¿por qué no Anselmo Moreda? Su pie derecho osciló dubitativo arriba y abajo, pero finalmente el instinto lo llevó hacia el freno, después de decidir que a Anselmo todavía le faltaban muchos cursillos para ser el agente 007.

–¡Déjenos pasar! –gritó por la ventanilla antes de frenar del todo–. ¡Es un caso de vida o muerte!

Ante aquella súplica, el chaval creyó definitivamente que sí, que los sesos se le salían. El monitor también se alarmó, pero por el estado mental del chófer. El obispo se revolvió otra vez intuyendo una nueva oportunidad de llamar la atención. Ricardo lo abrazó con más fuerza, como jamás había abrazado a ninguna de sus novias.

El guardia civil de la mano en alto era, de todos los que compartían la escena, quien menos claras tenía sus ideas. Sólo cuando por fin la furgoneta se detuvo, se acercó hasta la ventanilla donde Anselmo seguía braceando y preguntó por el motivo del escándalo.

–¡Mire cómo sangra el chaval! –exclamó Anselmo–. Hay que llevarlo al médico urgentemente.

El monitor quiso decir algo, pero para entonces el guardia –que era padre y muy sentido– ya había comprobado que el niño tenía sangre por la cara y se había contagiado de la alarma.

–¡A Tarazona! –ordenó el guardia–. ¡Hay que llevarlo a Tarazona!

Ése era precisamente el trayecto que Anselmo no podía recorrer.

–Oiga –se le ocurrió de repente–, ¿y no podrían llevarlo ustedes? Es que yo me estoy quedando sin gasolina.

El agente no lo dudó. Mandó a su compañero desmontar el control y arrancar el Patrol: lo primero era curar al chiquillo.

Un tanto alucinado por el despliegue, el monitor aceptó trasladarse con el crío a la parte trasera del todoterreno de la guardia civil. Todo fue muy rápido: al mismo tiempo que los guardias giraban a la izquierda, allí mismo, frente al monasterio de Veruela, Anselmo giraba bruscamente a la derecha y enfilaba a toda velocidad la carretera de Añón del Moncayo.

–¡Uff! ¡Por los pelos! –exclamó.

Desde la punta del pie hasta la coronilla, no había un centímetro de su cuerpo que no temblase.

■

–Mire, señorita –dijo el subinspector Isidro mirando a Laura–, todo eso que usted me cuenta es muy interesante, pero comprenderá que yo no me puedo poner a interrogar al señor Lacarra sólo por las sospechas de un periódico.

–Yo lo único que le pido es que me ayude a investigar.

A Laura no le gustaba perder el tiempo. Nada más presentarse en el cuartelillo, en cuanto se quedó a solas con el jefe Isidro, le soltó a bocajarro todo lo que sospechaba en torno a la desaparición de don Ramiro, el obispo.

El policía no se esperaba eso. Pensaba que la visita se zanjaría con un par de preguntas. Algo agradable: una entrevista. En Tarazona no había muchas oportunidades para salir en los papeles. Pero en lugar de eso se encontró con una joven a quien su papel de jefe de la policía municipal no parecía impresionarle nada, y que encima quería darle pistas –aunque poco fiables, claro– y poco menos que ponerlo a sus órdenes.

–No es que no quiera creerla –dijo todo lo cauto y educado que pudo–, pero es que eso que dice es muy grave y puede tener problemas. Además, me cuesta ver a un arquitecto metido en un lío semejante.

–Se sorprendería de lo que son capaces de hacer para sacar tajada. ¡Y estoy segura de que Lacarra se trae algo entre manos con la catedral! Todavía no sé qué es, pero algo pasa. Por eso tiene que ayudarme.

–Me temo que no puedo hacer nada por usted.

–Bastaría con que me facilitase el acceso a la catedral.

–No sé si será posible. Las obras están paradas y no entra nadie, pero pediré la llave.

–Estupendo. ¿Entonces vamos esta tarde?

–No, no. Como pronto tendría que ser mañana.

–Bueno, de todas maneras esta tarde le vuelvo a ver por si hay algo nuevo.

Laura estrechó la mano de Isidro y salió a respirar el ambiente del pueblo. Ahora tenía que buscar, en medio de la fiesta, un poco de patetismo y consternación para enviar una crónica que dejara contento a su jefe.

«Me parece que como no pegue a alguien, no voy a encontrar muchos testimonios de dolor –pensó mientras se cruzaba por la calle con peñistas de todos los colores–; casi será mejor que me lo invente y aproveche el tiempo para otras cosas.»

■

Ricardo no aflojó la presión dc su mano sobre la boca del obispo hasta que sintió alejarse el peligro. En ese mismo momento, el clérigo estalló.

–¡Querías ahogarme! –gritó enrojecido–. ¡Me queréis matar!

Ricardo, agotado tras la tensión que acababa de pasar, no estaba para muchos gritos.

–Tenía que haberle ahogado de verdad –dijo respirando hondo–. ¿Por qué me mira? ¿No sabe que los rehenes no tienen que ver la cara a sus secuestradores?

–¿Ah, sí? ¿Eso en qué manual viene? ¿Es que además tengo que estudiar para que me torturen? –replicó el cura.

–Nadie le está torturando.

–¡Claro que sí! ¡Soy un mártir en manos de dos verdugos!

–Mire, no me provoque.

Anselmo, que recuperaba el pulso normal tras lo que acababa de sufrir, intervino desde la cabina para poner un poco de orden.

–Tranquilo, Ricardo, que ya ha pasado lo peor.

–¿Cómo que ha pasado lo peor? Resulta que a mí el cura me ha visto hasta la campanilla y a ti te acaba de ver todo un colegio y la guardia civil. Sí, hombre, claro que ha pasado lo peor. ¡Lo que pasa es que ahora somos más famosos que los hermanos Dalton!

Anselmo tragó saliva. Se imaginaba su retrato robot colgado por las paredes de los pueblos, anunciando una recompensa.

–Quizá convendría que cambiásemos de vehículo –dijo, admitiendo los peligros.

–¡De vehículo y de cara! –contestó su hermano.

–¿Y por qué no cambiáis de actitud? –dijo el obispo–. ¿Por qué no reconocéis que os habéis equivocado y me dejáis libre?

–Eso ni lo sueñe –dijo Ricardo–. Aunque sólo sea por lo mucho que nos está costando, no le vamos a soltar.

–Así los quiere el Señor... ¡arrepentidos! –suspiró el sacerdote.

–De lo único que estoy arrepentido es de no haberle tenido todo el rato amordazado.

–Tú vas a ir al infierno de cabeza.

Anselmo no prestaba atención a la discusión que mantenían detrás. Estaba concentrado en correr tanto como permitía la estrechez de la carretera. Su única obsesión era poner tierra por medio, pero el camino por el que forzosamente escapaba no era el mejor para huir: no ofrecía otra alternativa que llegar a Añón, pueblo que en seguida tuvo a la vista.

Entró en la pequeña villa tras superar las rampas que le daban acceso. Después redujo la velocidad para pasar con cuidado a través de unas calles demasiado angostas. Por las ventanas asomaron dos o tres cabezas interesadas en saber quién había detrás del ruido de aquel motor.

La travesía les condujo hasta un arco de piedra que marcaba la salida del pueblo por el otro extremo. Anselmo apreció que era realmente estrecho. Pero la prisa no dejaba lugar a la prudencia: no se detuvo a hacer cálculos y sólo al penetrar entre las piedras se dio cuenta exacta de sus medidas: los dos espejos retrovisores chocaron contra los laterales, con gran estrépito, y quedaron completamente chafados.

–¿Se puede saber qué pasa ahora? –preguntó asustado su hermano.

–Nada –contestó Anselmo con resignación–; que cada vez hacen más grandes los retrovisores.

–¡Volved atrás ahora que podéis! Cada nueva desdicha es una señal del cielo.

Eso era lo último que podía consentir Ricardo a su rehén: en ese instante decidió volver a ponerle el bozal, y aunque el clérigo se resistió con uñas y dientes (sobre todo dientes), al final tuvo que tragar con el invento y otra vez quedó con las mandíbulas engarzadas por el aparato.

–Se lo quitaré cuando se decida a ser bueno y obediente.

Mientras tanto Anselmo había conducido la furgoneta hasta el río y después hasta una chopera, al final del valle. Y ya no podía conducir más porque allí se acababa el camino.

Su hermano asomó por detrás de la cortina.

–¿Qué pasa? –preguntó–. ¿Por qué paras?

–Porque se acabó el camino.

Ricardo observó el sitio al que habían ido a parar: árboles y monte por delante, árboles y río por la izquierda, y grandes paredes de roca a la derecha.

–No es mal sitio –dijo después del vistazo–. Me parece que por esta zona también hay cuevas.

–A ver si nos vamos a encontrar otra excursión –dijo Anselmo.

–No. Son cuevas pequeñas; cuevas de pastores. Además esta zona está muy apartada. Por aquí no viene nadie.

–¿Y qué hacemos con la furgoneta?

–Primero vamos a ver si encontramos un buen sitio. Después yo me quedo con éste y tú te la llevas a algún sitio donde no llame la atención. Si quieres la tiras por un barranco.

–Eso no es tan sencillo.

–De momento aquí se queda. Vamos a coger todo lo que quepa en las mochilas y cuando nos hayamos instalado vuelves a por ella.

En cinco minutos prepararon un equipaje elemental. Anselmo tuvo la precaución de coger la ropa del obispo, pero no la metió en los macutos sino en una bolsa de plástico. Cinco minutos después, cuando caminaban los tres hacia las rocas, Anselmo arrojó la bolsa en medio de un zarzal.

–Seguro que ahí no se asoma nadie –dijo cuando la tiraba.

Siguieron una senda, paralela al río, que ascendía hacia el monte. Cuando llegaron a la falda de la gran pared rocosa observaron que en ella había numerosos puntos negros: pequeñas bocas de agujeros que no aparentaban una gran profundidad.

–Esas dos de abajo tienen buena pinta –dijo Anselmo.

Ricardo observó las entradas que señalaba su hermano. Eran como dos puertas excavadas en la piedra, a la altura del suelo y separadas por un árbol que crecía entre ambas. Junto a una de ellas brotaba un manantial.

–Demasiado a la vista –dijo Ricardo–. Cualquiera que pase se fija en ellas. Yo creo que habría que mirar en alguna de las de arriba.

El obispo, enmudecido, atado y cegado, era el único

que no podía opinar. Se limitaba a soportar el trance con toda la resignación de que era capaz.

–Quédate aquí con el cura –dijo Ricardo–. Voy a echar un vistazo en esos agujeros.

Cogió una linterna de la mochila y empezó a trepar entre las rocas para examinar de cerca aquellas oquedades.

Mientras Ricardo exploraba, Anselmo tuvo un instante de debilidad. Sintió lástima de su rehén y, tras convencerse de que aquél era un paraje totalmente solitario, le quitó las gafas y el bozal.

–Le voy a dejar que vea el aisaje, pero me tiene que prometer que no volverá a discutir con mi hermano.

El cura cabeceó dando su asentimiento. «Son como el buen ladrón y el mal ladrón –pensó–, pero igual de torpes los dos.»

En su paseo por las alturas, Ricardo no estaba descubriendo gran cosa. Casi todas las cavidades eran de muy reducidas dimensiones, pero aptas para alojar a los tres.

«Total, para aguantar un par de días, vale cualquiera», pensó mientras iluminaba con su linterna el interior de una de ellas.

La que estaba viendo en ese momento no era precisamente la mejor. De tamaño no estaba mal, pero tenía el suelo completamente lleno de piedras. También parecía más sucia que las demás, con hierbas secas y ramas esparcidas por su interior. Sin duda era la que menos apetecía visitar. Eso pensó Ricardo cuando apagó la linterna para salir de ella, pero entonces, en la oscuridad, apreció algo que antes no había notado: al fondo, por debajo de una gran laja de piedra apoyada en la pared, se veía una estrechísima franja de luz. Una tenue línea luminosa, como la que se forma bajo una puerta cerrada.

«Qué cosa más rara –pensó–, debe de haber algún

mineral fosforescente.» Volvió a encender su linterna y, por encima de piedras y palos, se aproximó al rincón. Allí descubrió que las piedras no tenían ninguna virtud especial y que era una luz pálida lo que asomaba. «¿Será posible que esto se comunique con alguna bodega?», se preguntó. No encontraba otra explicación racional y sólo tenía una manera de salir de dudas: dejó en el suelo la linterna y empujó la plancha de piedra tras la que se veía el resplandor. Cuando la roca cayó de espaldas, dejó ver un hueco de medio metro de alto de cuyo fondo venía la luz.

«¡Esto huele a cueva de Alí Babá!», pensó Ricardo mientras crecía su excitación. Corría el riesgo de encontrarse con los cuarenta ladrones, pero la tentación era demasiado grande para detenerse a pensar: se agachó, asomó la cabeza por el agujero y, al no ver a nadie al otro lado, decidió entrar.

Se tumbó para pasar a través del metro y medio de agujero que comunicaba la cueva de acceso con una sala mucho más grande. De allí venía la luz y allí apareció él de repente, pensando que si había alguien diría que sólo se había asomado por ver si encontraba champiñones. Pero el destino no puso a prueba su coartada porque, para su fortuna, no había nadie.

Quienquiera que administrase el lugar se había marchado, y no podía hacer mucho de eso porque el sitio todavía olía fuertemente a tabaco.

Ricardo miró a su alrededor, con más nervios que curiosidad. No había grandes cofres rebosantes de perlas y piedras preciosas, como por un momento había llegado a pensar, pero no cabía ninguna duda de que el lugar tenía algo que ver con algún comercio ilícito.

La luz que le había guiado procedía de un foco enganchado a una batería de coche. Con eso había suficiente para iluminar una sala abovedada, algo más amplia que un gran salón comedor, aunque dedicada a otros menesteres a juzgar por lo que se veía nada más entrar: decenas de bolsas de plástico llenas a rebosar de pequeñas píldoras.

«Aquí hay *éxtasis* para colocar a toda la región», pensó Ricardo. Llevaba demasiados años trabajando en bares nocturnos como para no conocer al primer vistazo el material que se amontonaba en la cueva: pastillas de *éxtasis,* la droga de moda en todas las discotecas del país.

Pero la cueva no era sólo almacén: uno de sus laterales lo ocupaba un entramado de alambiques que formaban un rudimentario laboratorio. También había frascos, bidones, cazuelas y un par de hornillos de butano. «Menuda industria tienen montada –pensó Ricardo–, aquí lo preparan, luego lo empaquetan y a vender.» No era un sitio en el que conviniera permanecer mucho tiempo. Los que se dedicaban a ese negocio eran gente peligrosa. Y seguro que no andaban muy lejos.

«Si se han dejado la luz encendida, es que no tardarán en volver», pensó Ricardo. Después se fijó en el suelo, lleno de colillas, y dedujo que habrían ido al pueblo a por tabaco. O quizá a por bebida: también abundaban las latas vacías, sobre todo las de cerveza.

Lo que más molestó a Ricardo en ese momento fue pensar que otra vez tendrían que correr buscando un alojamiento. Le dio tanto coraje que decidió llevarse un par de bolsas de pastillas para cobrarse el perjuicio que le ocasionaban. Pero cuando se aproximó al montón para cogerlas, descubrió en el suelo algo que le llamó mucho más la atención: bajo la mesa que sostenía el material para hacer la droga, había un viejo maletín de cuero. Naturalmente, lo abrió y lo que vio dentro le hizo cambiar completamente de opinión sobre las molestias que los traficantes le causaban: el maletín estaba lleno de billetes de cinco mil, fruto del último trapicheo a gran escala.

Ricardo se quedó tieso. «Recién pillados –pensó–; con esto se les puede perdonar que nos dejen sin refugio.» Y tal como lo pensó, lo hizo. Agarró el maletín y salió de allí lo más rápido que pudo. Colocó otra vez en su sitio la piedra que ocultaba la entrada al laboratorio clandestino, recogió su linterna, saltó por encima de las piedras y salió de nuevo al aire libre.

Anselmo le vio correr hacia donde le esperaban. Le extrañó que llevara tanta prisa. Pero aún le sorprendió más ver que bajaba con un maletín en la mano, un objeto que con toda seguridad no formaba parte del equipaje que habían llevado.

–Ya vuelve el torturador –murmuró el obispo viendo bajar a Ricardo.

–No empiece –dijo Anselmo.

Ricardo se plantó ante ellos en cuatro zancadas. Iba tan acelerado que no se fijó en que su hermano había liberado al obispo de bozal y gafas.

–¡Hay que marcharse de aquí! –exclamó–. ¡Rápido!

–Eso, eso... ¡vamos a dar más vueltas! –dijo alborozado el clérigo.

Ricardo se quedó pasmado, mirándole.

–¡¿Y usted cómo puede hablar?!

–Pues moviendo la lengua, como Dios manda.

Ricardo miró a su hermano, incrédulo.

–Es que se asfixiaba. ¡A ver si se nos va a morir! –dijo Anselmo para justificar su compasión.

Con sus propias manos lo hubiese asfixiado Ricardo de haber tenido tiempo, pero había prisa. Sólo dijo que ya tenía bastante con un cura como para que además su hermano hiciera de monaguillo.

–Querrás decir de sacristán –matizó el obispo.

–Quiero decir de hermana de la caridad –replicó Ricardo.

Y ahí cortó la conversación. Tan sólo le comentó a su hermano que el maletín tenía dueño y que convenía correr antes de que asomara el propietario.

Echaron a andar con prisa. Ricardo abriendo camino, el obispo detrás, refunfuñando, harto de tantas vueltas y con Anselmo llevándole del brazo.

Cuando estaban bajando, a punto de ponerse a la altura del río, se escuchó un motor y a lo lejos, saliendo del pueblo, apareció un pequeño vehículo todoterreno que descendía hacia el lugar donde habían aparcado la furgoneta.

Ricardo se alarmó. Apremió a su hermano a esconderse y, sin aguardarle, cambió apresuradamente de rumbo y saltando por el río se metió entre los árboles.

Anselmo intentó seguirle lo más aprisa que pudo, pero el obispo acababa de ver su salvación y se animó a jugárselo todo.

–¡Eeeeeh! ¡Aquí, aquí! –gritó mientras se trompicaba, arrastrado por Anselmo.

Los dos ocupantes del *jeep* apenas apreciaron los gritos: en ese momento estaban aparcando su vehículo junto a la furgoneta. Anselmo reaccionó con toda la frialdad que pudo: echó la mano derecha por detrás del cura y le tapó la boca con el mayor disimulo, mientras con la izquierda hacía un amago de saludo amistoso hacia los recién llegados.

–¡Así me paga el favor! –susurró Anselmo–. Vuelva a gritar y lo tiro al río –amenazó mientras empujaba a su rehén hacia los árboles donde se había ocultado su hermano.

El obispo había conseguido a medias su objetivo. Los

dos hombres no apreciaron lo que ocurría, pero la sola presencia de extraños les alertó: ellos eran los ocupantes de la cueva. La habían abandonado un rato antes para airearse y comprar cuatro cosas en Alcalá del Moncayo. Lo que no podían imaginar era que en ese rato apareciera alguien por aquel apartado rincón.

Aunque no tenía por qué haber pasado nada, uno de ellos corrió hacia la cueva en cuanto echó pie al suelo. Además del material, allí estaba la recaudación de la última semana en un verano que estaba siendo especialmente provechoso. El otro se quedó merodeando en torno a la furgoneta.

Mientras tanto, Ricardo y Anselmo corrían todo lo que les permitía el peso de las mochilas, el maletín y su mayor estorbo: el obispo. Sólo las amenazas de Ricardo consiguieron que se moviera, pero con toda la torpeza de que era capaz, para facilitar que los siguieran.

–Como sean los que yo imagino, no querrá cambiar de manos –dijo Ricardo para amedrentarle.

Tardó unos segundos en comprobar que eran los que imaginaba. Cuando el que había entrado en la cueva salió gritando a su compinche que les habían robado, Ricardo, Anselmo y el cura habían salido de la hondonada del río y subían por la ladera de la montaña de enfrente, perfectamente visibles desde el otro lado.

Los tres fueron conscientes de que iban tras ellos cuando se escuchó una detonación seguida de un silbido: el de la bala que se incrustó en el suelo a cinco metros de ellos. Los tres se arrojaron al suelo instintivamente.

–Éstos vienen en serio –murmuró Anselmo.

–Ya ve lo que ha conseguido –dijo Ricardo al cura–. ¡La próxima vez escoja mejor a sus amigos!

Ni san Atilano podía ayudarle a comprender por qué hasta los que debían ser sus salvadores se ponían en contra. El obispo no entendía nada, salvo que no había elegido el mejor socorro y que más valía malo conocido que pistolero por conocer. Pensó que era mejor colaborar con sus captores. No es que fuesen buenos, pero al menos parecían inofensivos.

Después del primer tiro, los tres avanzaron agachados. Aunque el cura ya no se retrasaba (era milagroso ver la agilidad que acababa de adquirir), Ricardo comprendió en seguida que los iban a coger. Contaban con demasiadas desventajas. Entonces se detuvo.

–Vosotros no paréis –dijo a su hermano–. Voy a intentar detenerlos.

Anselmo obedeció y por un momento se imaginó a su hermano pequeño preparando una trinchera para retener a sus perseguidores. Aunque fuera a pedradas. Se emocionó imaginando esa estampa heroica.

Conmovido, sin dejar de avanzar, volvió la vista atrás para ver cómo se organizaba su hermano y observó que su estratagema para contener al enemigo tenía muy poco de estampa bélica: Ricardo había sacado un fajo de billetes y los tiraba al aire para que la brisa los desperdigara.

«Con lo que cuesta ganarlos... –pensaba Ricardo mientras volaban los billetes–; esto les tendrá un rato entretenidos.»

Una nueva explosión le hizo temer que quizá eso no era bastante. Se asustó y echó a correr hacia arriba como alma que lleva el diablo. Sonó otro disparo. Y otro más. Ricardo se volvió a mirar y vio que los dos hombres se aproximaban al lugar donde había tirado los primeros billetes... ¡y seguían avanzando! Quizá no les parecía bastante.

Si no le acertaban antes con un tiro, en cinco minutos caerían sobre él. Sólo había una última oportunidad de quitárselos de encima. No bastaba con un solo fajo: Ricardo se agachó, abrió la cartera, rompió las gomas que ataban los billetes y empezó a tirarlos todos al aire, a manos llenas. Y después también voló la cartera, antes de ser él quien volara a unirse con la familia.

No se escucharon más disparos. Después de correr desesperadamente, Ricardo se detuvo a tomar aire, miró hacia abajo entre las carrascas y vio que ahora sí lo había conseguido: a voces, entre amenazas y maldiciones, los dos hombres recolectaban las decenas de billetes que había esparcido. Así no había forma de apretar el gatillo.

«Ni siquiera he tenido tiempo de contarlo», reflexionó Ricardo amargamente. Después siguió huyendo por si reemprendían la persecución.tras la colecta.

Cuando alcanzó a su hermano y al cura, les apremió para seguir corriendo. Así lo hicieron en silencio, hasta que pocos minutos después el obispo Ramiro dijo que se ahogaba y que, aunque le fusilasen allí mismo, no podía seguir a esa velocidad.

–Y menos con estos pantalones, que se me caen –dijo el clérigo con la respiración entrecortada.

–Nada de parar, que casi nos matan por su culpa –exclamó Ricardo.

–¡Culpa mía no! Algo les habrás hecho para que se pongan así.

–Sí, claro que les hice algo... ¡descubrir el almacén de droga que tienen en la cueva! Eso es lo que he hecho, así que ahora tienen que eliminarnos porque somos testigos peligrosos. Qué, ¿nos quedamos a esperarlos?

El obispo Ramiro recuperó súbitamente la forma física.

–En tal caso, vámonos. Pero quitadme esto, por favor –dijo enseñando las esposas–. Prometo que me portaré bien... En el fondo empiezo a disfrutar de vuestra compañía. Estas cosas me hacen rejuvenecer.

Ricardo no era partidario de soltarle, pero Anselmo le convenció de que eso ayudaría a caminar más de prisa.

–Y si aparece alguien, llama menos la atención.

–Si aparece alguien y se pone otra vez a dar gritos, le juro que volvemos atrás y le dejo con los traficantes –dijo Ricardo.

–Ya no pienso gritar ni cuando me pille los dedos –replicó el cura.

Aunque desconfiaba de sus promesas, Ricardo accedió a soltarle.

Reemprendieron la marcha y después de diez minutos caminando entre encinas salieron a un terreno despejado donde se cruzaban tres caminos. Siguieron de frente, hacia una vieja paridera de ganado tras la que asomaba otra en construcción.

Cuando se aproximaban a ellas, Ricardo mandó a su hermano por delante para asegurarse de que no había nadie.

Anselmo rodeó el edificio más viejo y no vio nada. Ni pastor, ni ovejas. Después pasó a la nave en construcción que se hallaba diez metros por delante.

El muro trasero y los laterales estaban a medio levantar. Se dirigió a la parte delantera, pasando ante un montón de bovedillas grises apiladas en un costado.

Allí era donde menos habían avanzado las obras. Las paredes eran más bajas y había un gran hueco de acceso al interior, seguramente pensado para una gran puerta metálica.

Dentro no había ninguna protección, salvo en un rincón donde habían levantado, con cuatro palos y una cubierta de chapa, una pequeña visera bajo la que Anselmo halló un buen argumento para justificar su visita:

un *dumper*, la carretilla mecánica habitual en todas las obras para el transporte de los materiales. Pero a los ojos de alguien que acababa de perder su medio de locomoción, aquel modesto vehículo era mucho más.

Ricardo pegó un brinco cuando, a los cinco minutos de haber desaparecido su hermano al doblar la esquina de la nave, escuchó el ruido de un motor que sonaba como una vieja caldera. Pocos segundos después vio a Anselmo dando botes al volante de un *dumper* colorado.

Llegó hasta donde estaban ellos, frenó y saltó al suelo, tan contento.

–¡Ya tenemos coche! –exclamó alborozado.

–¡¿Dónde quieres ir con eso?! –preguntó Ricardo.

–Podemos ir a donde quieras, ¡esto es un todoterreno!

–¡Pero cómo quieres que nos metamos ahí!

–Vosotros dos en el volquete y yo conduciendo. ¿O prefieres ir andando?

Ricardo miró otra vez aquel *descapotable*. Era de una simpleza absoluta: casi todo el espacio lo ocupaba la carretilla metálica, detrás estaba el volante, con un único asiento, y por debajo el motor y cuatro ruedas con muchas horas de trote.

–Yo casi preferiría caminar –se atrevió a decir el obispo.

El motor sonaba como un barco de vapor. Ricardo dudaba.

–La verdad es que no habiendo nada mejor...

–¡Pues claro! –le cortó Anselmo–. Monta y vámonos antes de que nos peguen un tiro.

Ricardo miró al obispo y tomó la decisión definitiva.

–¡Vamos pues! –dijo mientras echaba dentro las mochilas.

Al cura seguía sin parecerle una buena idea.

–No es que a mí me guste ir en coche oficial, pero es que esto...

–No hay otra cosa –intervino Anselmo–. O esto o a correr.

El obispo se santiguó como si fuese camino del cadalso. Ricardo le ayudó a meterse dentro.

–Suba su santidad –dijo mientras le aupaba–, que desde aquí podrá repartir la bendición a sus fieles.

El obispo se calló lo que realmente le apetecía repartir y se acomodó en la carretilla, de espaldas al conductor. Ricardo saltó a su lado. Realmente, no era un espacio confortable. Era como estar sentado en un cucharón con ruedas.

–No corras –le dijo a su hermano antes de arrancar.

–Tú disfruta del paisaje. Ya verás qué experiencia.

Anselmo, tan excitado como si pilotase un fórmula uno, enfiló el camino a todo trapo, con sus pasajeros echando mano de cualquier arista en la que poder agarrarse.

■

Después de visitar al jefe de la policía, Laura buscó un bar alejado del bullicio, pidió un bocadillo de jamón y una caña y se sentó a una mesa del fondo para describir la angustia de un pueblo privado de su guía espiritual. En una hora, sin moverse de la silla, alumbró varias declaraciones conmovedoras. Hizo hablar a amas de casa, comerciantes, agricultores, obreros..., pero sin duda el testimonio más escalofriante era el del niño. Un niño que decía estar a punto de recibir la primera comunión de manos del obispo y que se ofrecía a romper su hucha y dar a los secuestradores todo su dinero para que soltasen a don Ramiro.

«Si no lloran con esto, es que no tienen corazón», pensó Laura a la vista de cómo le había quedado lo del crío. Claro que lo del agricultor que había ido por primera vez a misa en cuarenta años, para rezar por el obispo, tampoco estaba nada mal. «Si le adjudico un par de milagros más, igual lo beatifican.»

Con ese magnífico reportaje, tan emotivo como quería su jefe, Laura salió en busca de María. La corresponsal, sin necesidad de inventos, había conseguido una buena entrevista con la mujer que cuidaba la casa del obispo.

–No ha parado de llorar –dijo María.

–Pues mañana que regalen un pañuelo con el periódico. Entre lo tuyo y lo mío, más de uno no podrá contener las lágrimas.

Con todo el material, Laura llamó a la redacción y dictó los reportajes por teléfono. Después pidió hablar con el jefe.

Al director le dijo que convendría quedarse un día más en Tarazona porque se podía obtener más material para un buen reportaje.

–¿Te toca trabajar mañana? –preguntó el director.

–No; este fin de semana no.

–Pues entonces te puedes quedar. Pero el alojamiento corre por tu cuenta. No estamos para gastos.

Laura se despidió agrandeciéndole su inmensa generosidad. Tras colgar, se percató de que lo único que había conseguido era autorización para regalarle al periódico unas cuantas horas extras.

–Y encima aún tendré que darle las gracias –musitó.

Ya que aquello le saldría caro, lo mejor era jugar fuerte y aprovechar bien el tiempo para sacar algo.

Hablando con María se enteró de que el arquitecto disponía en Tarazona de una casa, cedida por el ayuntamiento, para los días que pasaba de vez en cuando supervisando las obras. Era un chalet adosado de la calle Borja, en las afueras. Allí se dirigió Laura tras despedirse de María.

Dejó atrás la zona de ajetreo y subió, rodeando la catedral, a través de una calle formada por dos largas tapias, en la que no había un solo portal. Por ese camino desembocó poco después en la calle que buscaba.

En esa zona del pueblo no existía la fiesta. La quietud era total.

Al final de la calle Borja había una corta hilera de casitas adosadas y frente a ellas comenzaban las huertas. El número 20 era la vivienda cedida al arquitecto.

Laura se paró ante su puerta. El jardín era minúsculo. Media docena de tiestos hubiesen hecho el mismo efecto.

Aunque la puerta no era blindada, Laura sabía que jamás sería capaz de derribarla de una patada. Y la única ventana a la vista tenía rejas. Por ahí no podía hacer nada.

Caminó hasta donde terminaba la calle y rodeó las casas para observarlas por detrás. Allí los jardines eran algo más grandes. En algunos incluso habían abierto un hueco para meter algo que estaba a medio camino entre la bañera grande y la piscina enana.

Anduvo por el corredor trasero hasta situarse en lo que debía de ser la parte posterior del número 20. Destacaba de los otros por no tener jardín, sino un erial con cuatro matojos desperdigados. Tampoco tenía muro de ladrillo: sólo una pequeña valla metálica, torcida y agujereada, de apenas un metro de altura.

Laura miró a derecha e izquierda. Cuando estuvo segura de que no había nadie al acecho, saltó adentro y cruzó corriendo hasta esconderse bajo un pequeño porche. Estando en ese lugar, sólo podían verla desde dentro. Y estaba claro que allí no había nadie.

Desde fuera se podía ver un gran salón completamente vacío. «Esto parece abandonado –pensó–, pero sólo hay una manera de averiguarlo.»

Miró alrededor. Los pocos vecinos de la zona estarían comiendo. El silencio era absoluto.

–Habrá que armar un poco de ruido –se dijo para animarse.

La puerta tenía el cristal dividido en cuatro cuadrados. Laura dio un paso atrás y luego lanzó una patada con el tacón contra uno de los cristales de abajo.

Le pareció que el golpe había sonado como una explosión nuclear. Pasó cinco minutos en vilo, acurrucada en un rincón, esperando oír las sirenas de la policía. Pero no apareció nadie. No hubo ningún movimiento.

«Para que luego digan que en los adosados los vecinos se enteran de todo», pensó. Inmediatamente después apartó los trozos de cristal que habían quedado colgando y se coló por el hueco recién abierto.

Además del salón, en la planta baja recorrió la cocina (había unos electrodomésticos que daban la impresión de llevar mucho tiempo desenchufados). Después ascendió a la planta superior. Allí encontró un cuarto de baño y tres habitaciones. Dos de ellas estaban abiertas y contaban con el mismo mobiliario: una mesa, un armario y una cama. La tercera estaba cerrada.

–Como no haya algo en ésta, mal negocio.

Por más fuerte que empujó, la puerta no cedía. Laura pensó que ella no llevaría siempre encima la llave de un cuarto que sólo utilizase cada varios meses.

–¡Tiene que haber una llave aquí dentro!

Bajó a la planta calle y hurgó en todos los sitios donde ella hubiese escondido una llave: no estaba en la caja de los interruptores, no estaba en el horno de la cocina, no estaba en el tambor de la lavadora, no estaba en el congelador del frigo, no estaba en el cerco de la ventana... sólo al levantar la tapa del contador del agua encontró una llave por encima del indicador de metros cúbicos.

–¡Te pillé!

Subió los escalones de dos en dos, llegó a la puerta, introdujo la llave y... no sólo encajó a la primera, además giró sin problemas y en un segundo se encontró a la vista un despacho con una mesa amplia donde se amontonaban los papeles.

No sabía por dónde empezar. En medio de la mesa había un plano de la catedral, lleno de notas, y a su lado muchos documentos más. Demasiados para mirarlos con tranquilidad.

Laura tomó una determinación urgente y heroica: se llevaría todos los papeles que pudiese coger.

–O el Pulitzer y la gloria, o la cárcel y el paro –se dijo antes de arramblar con todo y salir, lo más rápido que pudo, para encerrarse en la habitación del hotel y examinar con calma todo aquello.

■

Los primeros metros sobre la carretilla mecánica fueron suficientes para que Ricardo y el cura, tras media docena de botes, llegaran a la conclusión de que un trayecto muy largo en esas condiciones sería mortal para sus rabadillas. En realidad, para todos sus huesos de cintura para abajo.

–¡Que Dios nos asista! –gritó el obispo entre brinco y brinco–. ¡A mí nunca me gustaron los autos de choque!

Ninguno de los dos hermanos le hizo caso. Ricardo

estaba de acuerdo con él, pero no lo podía confesar. Anselmo conducía entusiasmado y se hallaba sordo para lamentos y reclamaciones.

Los campos estaban completamente desiertos. No parecía haber ni pájaros para contemplar aquel extraño pasaje.

El recorrido no ofrecía ninguna duda. El camino era ancho y lo seguían hacia el sur, rodeando la silueta maciza de las Peñas de Herrera, siempre plantadas a su derecha.

A los pocos minutos de marcha dejaron atrás los encinares. Descendieron por una larga pendiente en la cual, los dos que iban delante, se sintieron como si la tierra estuviera a punto de tragarlos.

Cuando llegaron a lo más hondo, tras cruzar una cañada, observaron que la rampa siguiente era una cuesta arriba larga y pronunciada, para la que quizá hiciera falta algo más que buena voluntad.

–¡Por ahí no subimos! –exclamó el obispo.

–¡Sí, hombre, sí! –gritó Anselmo–. ¡Estos cacharros suben hasta por las paredes!

Le hubiese gustado creerlo, pero hacía falta mucha fe. El obispo se santiguó instintivamente y comenzó a recitar una oración entre dientes, por si la mecánica terrestre necesitaba algún empuje divino. Ricardo, por su parte, calibró la diferencia que había entre ser apaleado o despeñarse. Para su desgracia, no encontró ventajas por ningún lado.

Anselmo era el único que confiaba en la máquina y la máquina no le defraudó.

Con esfuerzo, pero sin sustos, el *dumper* escaló lentamente aquella rampa interminable sin amagar ni una sola vez con irse hacia atrás. Los dos ocupantes de la parte delantera habían pensado saltar por la borda al menor titubeo de la carretilla, pero no hubo ocasión para la desbandada.

Al cabo de diez minutos eternos, llegaban a la parte más alta del camino y ante ellos se abría una nueva bajada. Al fondo se divisaba la silueta del castillo de Talamantes.

–¡¿No dije que subía?! –exclamó Anselmo triunfante–. ¡Y ahora para abajo!

Para sus pasajeros era como estar en la montaña rusa. De nuevo el vértigo del descenso sustituía a la incertidumbre de la subida. Era una larga pendiente a través de un valle estrecho, describiendo grandes curvas para salvar los desniveles.

No se veía ni una sola casa del pueblo hacia el que se dirigía el camino. La única referencia fija era el castillo. Luego asomó también la carretera y un pequeño cementerio.

–¿Y aquí dónde está el pueblo? –preguntó Ricardo, extrañado.

–A la vuelta de aquella curva –informó el obispo–. Al otro lado del castillo.

–Pues entonces gira a la izquierda y sigue por la carretera abajo –ordenó Ricardo.

–¿Adónde?

–Ya veremos. Tú de momento tira hacia abajo.

Eso iba a hacer Anselmo. Pero cuando estaban a doscientos metros de la carretera apareció algo que le hizo cambiar de idea.

De improviso, por la derecha asomó un grupo de gente. Y no eran dos o tres, sino muchos. Anselmo frenó. Ricardo obligó al obispo a agacharse sobre su regazo, al tiempo que le tapaba la boca. El cura se mostró dócil, porque estaba recién escaldado, pero la maniobra no evitó que algunas personas volvieran su vista hacia ellos:

el ruido del motor fue suficiente para despertar su curiosidad. Pero nadie les dedicó más de unos segundos y nadie se desvió de su ruta por ellos, porque quienes asomaban por detrás de la ladera caminaban solemnemente detrás de un féretro.

–¡Lo que nos faltaba! –exclamó Anselmo–. Ahora un entierro...

–¡Cambio de planes! –dijo Ricardo–. En cuanto pase el último del cortejo, bajas y giras a la derecha.

–Pero entonces vamos hacia el pueblo...

–¿Y qué quieres, que vayamos detrás de ellos al cementerio? Alguna salida habrá por el otro lado. Además seguro que todo el pueblo está en el entierro.

–Lo que tú digas.

Anselmo seguía sin ganas de discutir. El obispo sonreía para sus adentros. Era el único de los tres que sabía que la carretera acababa allí, en Talamantes, y que todo lo que había detrás era monte. «Ni un plano tienen los muy incautos», pensó el cura de sus secuestradores.

Y era verdad: sólo tenían una vaga idea de la comarca; una idea que se iba difuminando conforme se alejaban de Tarazona, que era lo que mejor conocían. Talamantes ya era territorio apache para los Moreda. Y lo que apareciese detrás, aún más intrincado y misterioso.

Anselmo siguió las instrucciones de su hermano y, en cuanto el último del duelo pasó frente a ellos, soltó el freno, descendió hasta la carretera y giró a la derecha a toda velocidad.

Casi todos los que participaban en el entierro –menos el cura, el muerto y los que cargaban con él– se volvieron para mirar con curiosidad aquel extraño vehículo. No era del tipo que estaban acostumbrados a ver internarse por los montes.

Ricardo permitió al obispo que se incorporara cuando se alejaron del cortejo fúnebre.

–Por aquí no vamos a ningún lado –fue lo primero que dijo–. ¡Aquí se acaba la carretera! –añadió triunfante.

Anselmo y Ricardo observaron que, efectivamente, la carretera entraba en el pueblo y no se la veía salir de nuevo. Todo lo que aparecía por detrás era salvaje y escarpado.

–Bueno... –dijo Ricardo–. Entonces cruza por ese puente.

Señaló un camino que pasaba al otro lado del río.

–Al monte, al monte –repitió el obispo–. Por todos los sitios nos vamos al monte.

–Pues muy bien, así podremos coger tomillo –replicó Ricardo.

–Sí, o alacranes –dijo el cura.

–Mejor un conejo –dijo Anselmo, hambriento y práctico.

–Y un jabalí, y una cabra, y codornices. Todo lo que queráis, hombre, ¡faltaría más! –dijo Ricardo–. Total, no tenemos otra cosa que hacer.

A Anselmo, que ya se desviaba por el puente, no le gustó el tono que empleó su hermano.

–Pues yo tengo hambre –dijo tajante.

–Y yo también –corroboró el obispo.

–Ya comeremos cuando estemos a salvo –dijo Ricardo.

–Pues entonces ya nos podemos mentalizar para el ayuno, porque con vosotros no hay manera de estar a salvo.

–Pues rece por nosotros, que es su obligación –replicó Ricardo.

–No, si ya lo hago –dijo el cura–. Continuamente

pido al Señor que se os pase esta locura, pero hasta el momento no me ha hecho mucho caso.

–¡Hombre, tampoco estamos locos! –dijo Anselmo, dolido en su amor propio–. A cualquiera en nuestra situación le puede dar un siroco.

–Claro, y a vosotros os ha dado el siroco del Moncayo, que consiste en correr por el monte con un pobre inocente encadenado.

–Ahora va suelto... ¡no se queje! –intervino Ricardo.

–Moralmente voy encadenado.

–Eso son puntos para ir al cielo. A lo mejor nos tiene que dar las gracias...

–Sí, hijos, sí... y también contrataros de guardaespaldas.

La estrechez del camino obligó a cambiar de conversación.

–Me parece que no vamos a poder seguir –dijo Anselmo.

Ante ellos, la pista acababa y se convertía en una senda que se adentraba entre los árboles.

–Pues habrá que seguir andando –dijo Ricardo.

–Pero antes comeremos algo, ¿no? –dijo su hermano, que a esas horas hablaba como un ventrílocuo: con el estómago.

–Cuando nos alejemos de este trasto pararemos a comer.

Abandonaron el *dumper* y se internaron por la senda que subía entre los pinos. Después de un rato de subida, aderezado con discusiones en las que se mezclaban el cansancio del rehén con el hambre del chófer y la intransigencia del jefe de operaciones, por fin llegaron a un punto que a Ricardo le pareció adecuado para el piscolabis: un pequeño manantial cerca del collado hacia el que ascendían. Por fortuna las vistas eran excelentes, porque el menú –embutido y pan duro– no tenía tan buen aspecto.

«Si salgo vivo de ésta, será con úlcera de estómago», pensó el cura mientras mordisqueaba su ración en silencio. Lo que no podía imaginar era que sus secuestradores pensaban, palabra por palabra, exactamente lo mismo. Al menos en algo empezaban a ponerse de acuerdo.

■

Laura se alojó en el Ituri Asso, el hotel donde se había citado por la mañana con María. Cogió una habitación con vistas a la parte vieja y, después de hacerse con un par de bocadillos y un refresco, subió a ella cargando con los papeles que había robado en la casa de la calle Borja. Se sentía como si cargase con todo el oro del Banco de España.

«Tanto riesgo para que luego el jefe te eche una bronca por olvidar un acento –pensaba mientras cargaba con el fruto de su delito–, y encima no he traído ni cepillo de dientes.»

En la habitación sólo había una mesa pequeña, así que volcó todos los papeles sobre la cama y allí comenzó a ojearlos.

Como no había tenido tiempo para seleccionar, el botín era muy variado. Por ejemplo, había varias cartas y postales cuyo contenido no era de tipo profesional: «Pichurri, tengo ganas de volver para comerte», leyó Laura en una de ellas y ya no quiso leer más. No era ésa la clase de historia que quería desentrañar.

Muy a su pesar, tenía que fijarse preferentemente en los documentos profesionales. Mucho menos entretenidos. Realmente plomizos en muchos casos. Allí estaba el informe sobre las catas del subsuelo de la catedral, un catálogo de novedades para el reforzamiento de estructuras artísticas, el estudio de resistencia de los materiales de cimentación y otras tantas carpetas por el estilo.

Las ojeaba por disciplina, por si en ellas aparecía alguna nota, algún detalle sospechoso. Pero aquello era un auténtico ladrillo, y no sólo por su vinculación con la arquitectura.

Después de consumir un buen rato con esa clase de papeles, Laura veía poca compensación para el riesgo que había asumido. «Claro que al no vivir aquí –pensó–, también es normal que no tenga en Tarazona papeles importantes.» Pero a continuación también pensaba que, si tenía algo que ver con el secuestro, sería allí donde lo habría planificado. «Esas cosas se estudian sobre el terreno», se decía para darse ánimos. Y seguía mirando papeles y más papeles. Hasta que por fin encontró algo que le llamó la atención.

Abrió una carpeta de solapas azules y lo primero que vio fue otro plano de la catedral. No era muy grande. Lo desplegó en la cama y vio que sobre el dibujo de la planta de la catedral, en casi todos sus rincones, estaba escrita con rotulador rojo la palabra «NADA». Se leía sobre cada capilla. Sólo el claustro, adosado a un lateral del templo, no contenía anotaciones.

«Si su misión es restaurar, ¿por qué no anota "hecho" o "acabado" en lugar de poner "nada"? –se preguntó Laura–, ¿acaso quiere decir que busca algo y no encuentra "nada"?» Eso le empezaba a interesar.

Miró otros papeles del mismo lote. Había una copia de una carta dirigida al ministerio pidiendo que aumentasen la dotación presupuestaria para las obras por la «necesidad de prolongarlas mucho más de lo previsto». Y había otra carta que le interesó muchísimo más: estaba remitida por el obispo de Tarazona y en ella se quejaba por la demora y manifestaba su disgusto con palabras nada amables. «¡No se llevan bien! –pensó Laura–, justo lo que yo imaginaba.»

Tras ésa, encontró otra carta. Tenía remite de Madrid y membrete de un anticuario. Laura la leyó atentamente:

«La última virgen románica que mandaste estaba hecha polvo. Se la he colocado a los belgas por la mitad de lo que hubiésemos podido sacar de haber sido restaurada. Pero es que no había tiempo. Con los lienzos hubo más suerte. Ésos estaban bastante bien. Por cierto, acuérdate de mandarme foto de los que hay que copiar para que los preparemos cuanto antes. La pena es que sigas sin dar con la plata. Precisamente acaban de estar en Madrid unos americanos expertos en blanquear ese tipo de tesoros. Unos tipos muy profesionales. Llevan años colocando en el mercado todo lo que está saliendo de barcos hundidos en Florida y cosas de ésas. Me comentaron que la plata española del XVIII se paga muy bien. Por lo visto es de las mejor preparadas. Muy pura. Y si está trabajada, entonces ya no te digo. Bueno, a ver si hay suerte y das con ella».

Firmaba un tan Alfredo, pero eso no importaba tanto como lo que suponía el contenido de la carta: que Rodríguez Lacarra estaba, casi con seguridad, sacando piezas artísticas de la catedral para traficar con ellas. Un negocio lo bastante rentable como para estirar al máximo los trabajos de reparación. «Quizá el obispo sospechaba algo y por eso han debido retirarlo de la circulación», pensó Laura.

Estaba muy excitada. Tenía que ver otra vez a Isidro. No podía hablarle de las cartas, pero ahora con más razón que nunca tendría que insistir para que le permitiesen entrar en la catedral. Allí podía estar la clave de todo.

■

Si la comida fue frugal, la digestión fue, sin embargo, muy intensa. Ricardo impidió que hubiera siesta. Ni siquiera charla de sobremesa. Con el último bocado, levantó el campamento y obligó a los demás a seguir monte arriba.

–Prosigamos pues, si así lo quiere el Señor, nuestro viaje a ninguna parte –dijo el obispo, mientras se sacudía las migas de la camisa, al reiniciar la marcha.

Anselmo pensaba algo parecido. Empezaba a no saber por qué seguían, de quién huían y adónde pretendían llegar. Realmente ya no tenía claro si aquello era un secuestro o una excursión.

–¿Ya sabes adónde vamos? –preguntó sin levantar mucho la voz.

–Lejos –contestó Ricardo–. Lejos y a cualquier sitio donde nos podamos refugiar.

–¿Qué tal una ermita? –intervino el cura, atento a todo.

–De ermitas nada –dijo Ricardo–. No nos quiera llevar a su terreno.

–Lo decía porque esto cada vez se parece más a una romería.

–Pues como no paguen pronto el rescate, le va a parecer un vía crucis.

«Moral no le falta a este pobre infeliz –pensó el obispo Ramiro–, después de lo que está pasando y todavía cree que va a sacar algo por mí.»

No hablaron mucho más hasta llegar al collado. La ascensión era lo bastante fuerte como para quitar las ganas de charla. El premio al esfuerzo fue una vista magnífica al llegar arriba: un paisaje agreste y solitario en el que ellos tres eran el único signo de vida.

–Me parece que no vamos a encontrar muchos hoteles por aquí –dijo el obispo.

Mientras Ricardo meditaba seriamente la conveniencia de volver a amordazarle, miró a su alrededor para decidir por dónde continuar la ruta. No podía reconocerlo, pero estaba un tanto desorientado.

–Creo que vamos a bajar –dijo titubeante.

–Claro, claro –dijo el cura–. Ahora bajamos, luego subimos y luego volvemos a bajar. Y así todo el día, ¡como las cabras!

–No empiece a enredar –musitó Anselmo.

–¿Enredar yo? De eso nada. Yo soy un rehén obediente dispuesto a pasar por todos los sacrificios que me mande el Señor. ¿Queréis bajar? Pues bajemos. ¿Por dónde queréis? ¿Por aquí, hacia Valdeplata?

–¿Qué es eso? –preguntó Ricardo.

–Pues qué va a ser. El barranco de Valdeplata, donde las minas.

–¿Conoce la zona?

–No hace falta conocer un sitio para saber cómo se llama. Yo voy de visita a los pueblos, no a los barrancos, pero vamos, sé que entre Talamantes y Calcena estaban las minas de Valdeplata. Eso tiene mucha historia detrás.

–¿Están abandonadas?

–Lo mismo hace cien años que cerraron.

A Ricardo se le encendió el piloto de emergencia: ya tenían refugio.

–¡Vamos a ver esas minas!

Nadie puso reparos. Al menos era cuesta abajo. Pero pronto comprobaron que descenso no era sinónimo de comodidad.

El camino no siempre era evidente. Los llevaba a través de piedras y zarzales, salvando cortados y teniendo que dar más de un salto.

–¡Peor que cabras! –rezongó el cura en uno de los tramos de dificultad–. ¡Saltamontes, eso es lo que somos!

Si no había más remedio que ejercer de rehén, el obispo pensaba que era mejor ir cómodamente encadenado en la furgoneta que andar suelto de manos por aquellos parajes inhóspitos.

El terreno era mucho más abrupto de lo que habían imaginado.

–Me gustaría saber qué hace Antonio ahora –dijo Anselmo en un momento de debilidad–. ¡Aquí me gustaría verle! Y luego querrá repartir a partes iguales.

–Pues si no encontramos las minas, esta noche dormimos al raso –dijo Ricardo.

Anselmo no tenía ningún inconveniente.

–A mí ya me da igual, con tal de no seguir andando duermo hasta en la copa de un pino.

«Éstos van peor que yo –pensó el obispo–. Llevarán muy mala vida. Claro, por eso son delincuentes, aunque sean tan raros. Igual echo a correr y no son capaces de cogerme.»

En esos pensamientos andaba cuando descubrió a lo lejos algo que se salía de la monótona sucesión de piedras y matorrales.

–Me parece que ya llegamos –exclamó.

Los hermanos se detuvieron y miraron hacia donde señalaba el cura: medio kilómetro por debajo de ellos, en una zona arbolada, donde asomaban unos grandes muros de piedra entre la maleza.

–Ésas tienen que ser las minas –dijo triunfante el sacerdote.

Anselmo y Ricardo tenían otra imagen de lo que

debía ser un pozo minero, con tres maderos enmarcando un agujero, vagonetas y cosas así. Pero no discutieron la visión del obispo: al revés, aceleraron el paso para llegar cuanto antes y comprobar si quedaba algún techo bajo el que cobijarse.

Lo que encontraron una vez allí fue una sucesión de caserones en ruinas, de los que apenas quedaban los muros exteriores. Por el interior crecían las zarzas más robustas que jamás habían visto.

–Aquí dormirían los mineros –aventuró el obispo a la vista del lugar.

–Pues el último debió de hacerlo antes de que inventaran el pijama –señaló Anselmo.

–¿Seguro que esto son las minas? –preguntó Ricardo.

–Esto tiene que ser –confirmó el obispo.

–¿Y dónde está la boca de entrada?

–Pues no lo sé. Se habrá hundido. Son muchos años de abandono.

–Bueno –dijo Ricardo–, por lo menos aquí no creo que vengan excursiones.

Había muchos muros, pero ningún agujero. Pero también había árboles, un arroyo y un espacio recogido entre las piedras. No parecía que fuese a llover, y además estaba atardeciendo y, por si eso fuera poco, ya no había ganas de seguir buscando. Por todo eso, Ricardo dispuso que se quedarían allí.

–¿Y tú crees que esto será seguro? –le preguntó Anselmo a su hermano en un aparte.

–Para nosotros ya no existe un lugar seguro –contestó Ricardo solemnemente.

–Vale; pues si te pones así, entonces soltamos a este hombre y a correr.

–Demasiado tarde, Anselmo. Ahora hay que aguantar hasta el fin.

–O sea, si seguimos con esta suerte, hasta mañana –bramó Anselmo.

Como la discusión se prolongaba, el obispo, que reposaba de la caminata, tuvo tiempo de advertir que había disensiones entre sus guardianes. Y como ya empezaba a cansarse de ser dócil y tampoco deseaba que le considerasen vencido, pensó que ése era buen momento para intervenir.

–Siento interrumpir, pero me urge dejaros por un momento –dijo, levantando la mano como un colegial.

Los hermanos le miraron como si no le hubieran entendido bien.

–¿Cómo dice? –preguntó Ricardo.

–Que os tengo que dejar un momento; ya sabes... urgencias que nadie puede hacer por mí.

–De eso nada. ¡Usted no se mueve de aquí!

–Mira, hijo, que yo sea un ministro del Señor no quiere decir que esté exento de vaciar el vientre. ¿Me comprendes? –dijo incorporándose–. Así que, si no os importa, me voy a buscar un sitio que haga las funciones de cuarto de baño, porque no pretenderéis que use esto, que se supone que va a ser el dormitorio.

Ricardo no estaba conforme con la petición y ni siquiera por motivos fisiológicos estaba dispuesto a perder de vista a su presa. Pero su hermano le convenció.

–No seas bruto, anda. Si detrás de él vamos a tener que ir todos.

Ricardo transigió a regañadientes. Era lo que esperaba el obispo, porque, a pesar de la confianza de Anselmo, pensaba aprovechar ese momento para fugarse. Estaba anocheciendo: si conseguía perderse entre los árboles, podría darles el esquinazo. Ellos no conocían la zona. Él tampoco, pero al menos sabía por dónde caían los pueblos más cercanos y sólo tenía que coger la dirección correcta para despistarlos. Era su gran oportunidad.

Con ese ánimo se dispuso a rodear los muros para ir, supuestamente, a la parte posterior a cumplir con su intestino. Ricardo hizo ademán de seguirle, pero el obispo le cortó:

–¡Hasta ahí podíamos llegar! Me niego a ser vigilado en un trance así. ¿Es que no tenéis un poco de vergüenza?

Ricardo se ruborizó ligeramente.

–Está bien –admitió–. Vaya solo, pero no deje de hablar en ningún momento para que yo controle por dónde se mueve.

–Hablaré hasta que pueda. A ver si te crees que cuando esté en plena faena me voy a poner a decir sermones.

Desapareció de su vista mientras Ricardo le preguntaba a gritos por dónde se movía. Hasta que el obispo gritó que había encontrado el lugar idóneo y que guardaría silencio mientras completaba su labor. Pero en lugar de bajarse los pantalones, lo que hizo al llegar allí fue deslizarse sigilosamente por una estrecha senda entre los zarzales y después avivar el paso para alejarse de ellos.

«Ahí os quedáis –pensaba mientras corría hacia la libertad–, la próxima vez vais a secuestrar al Papa.» Oyó que Ricardo daba voces preguntando si acababa. Pero ya no podía contestar. Se puso nervioso y aceleró el paso. Ricardo también empezó a inquietarse: repitió sus gritos y aseguró que si no obtenía contestación iría allí, aunque le sorprendiese con los calzoncillos a media asta.

El obispo comprendió que en pocos segundos cumpliría su amenaza y que quizá aún no habría ganado los metros suficientes para ponerse a salvo. Fue entonces cuando llegó a un cortado entre rocas, en cuyo interior crecían grandes zarzas. Tendría metro y medio de ancho.

Ya no podía volverse atrás para rodearlo. Si quería huir, sólo había una forma de conseguirlo: dio dos pasos hacia atrás y, con esa exigua carrerilla, se impulsó para salvar el corte. Pero el esfuerzo fue en vano: apenas rozó con el pie derecho el otro lado. El izquierdo ni se aproximó: cayó hacia atrás y se coló entre las zarzas, lanzando un grito desgarrador que hizo temer a los hermanos que hubiese sido atacado por alguna alimaña.

Ricardo y Anselmo echaron a correr hacia donde lo habían visto desaparecer. Pero allí no había nadie. Entonces escucharon sus lamentos, procedentes de algún lugar indeterminado, pero lejano.

–Pues sí que ha ido lejos –comentó Anselmo.

Cuanto más se aproximaban, más nítidas eran las quejas del prelado. Sólo ayes y otros lamentos inmaculados: la desgracia no le hacía perder la compostura con palabras gruesas.

Ricardo llegó el primero hasta el pozo que, oculto entre las rocas y los zarzales, se había tragado a su rehén. Del obispo apenas se intuía un trozo en la oscuridad: lo poco que se podía ver a través del agujero que su cuerpo había abierto entre las zarzas.

–¿Dónde se ha metido? –gritó Ricardo.

–¡En el infierno! –gimió el sacerdote–. ¡En el mismísimo infierno!

–¡Pues ahí se va a quedar! –exclamó Ricardo–. Lo tiene merecido por traicionar mi confianza. Quería escaparse, ¿verdad? Pues entonces quédese ahí para siempre, que yo ya estoy harto.

«Qué mundo éste –pensaba el obispo, molido y con pinchos por todo su cuerpo–, aún tendré que suplicarles que me lleven con ellos.» Pero Ricardo ya se alejaba del pozo, muy enfadado. Su hermano le seguía, diciendo que tampoco era un buen plan dejar al hombre tirado en el monte.

–Así, desde luego, no sacamos ningún beneficio.

Pero a Ricardo ya no le conmovía ni eso.

■

–¿Seguro que no han echado en falta alguna pieza de valor en la catedral?

El jefe de la policía municipal de Tarazona ya no sabía cómo decirle a aquella chica que eso no era algo que controlasen ellos.

–Oiga, yo no puedo poner un guardia de plantón en un sitio que lleva diez años en obras.

–Ya le entiendo –dijo Laura–. Sin embargo, me han llegado noticias de que el obispo estaba preocupado porque habían desaparecido algunas piezas artísticas.

–¿Quién le ha dicho eso?

–No puedo revelar mis fuentes.

El guardia Isidro se hallaba desconcertado. Era la primera vez que trataba con periodistas y no estaba acostumbrado a que le sonsacasen.

–A nosotros, desde luego, no se nos ha informado de nada al respecto.

–Bueno, dejémoslo. –Laura cambió de tema–. ¿Qué tal las pesquisas? ¿Han averiguado algo?

–Eso se lo tendrá que preguntar a la guardia civil. Yo no puedo poner a mis agentes a buscar al obispo con el pueblo en plenas fiestas.

–Ya me hago cargo. Pero no se olvidará de ayudarme para poder entrar en la catedral.

–Haremos lo que podamos. Ya se lo he dicho. Aún no he podido hacer ninguna gestión. Venga a verme mañana, a ver si para entonces ya estamos todos un poco más calmados.

No sería Laura quien se calmase: con la espera crecía su inquietud y el habitual temor de que se adelantase la competencia.

–Oiga, ¿han venido a verle más periodistas?

–De momento, no. Han estado en el pueblo, pero conmigo no ha hablado nadie. Excepto usted, claro está.

–¿Me hará un favor?

–Usted dirá.

–Si habla con otro periodista, no le cuente nada de lo que yo le he dicho.

–Descuide.

–Me juego el puesto con este asunto –añadió Laura para introducir un pequeño chantaje emocional.

–Yo también, señorita, yo también –dijo Isidro, mientras se ponía en pie para despedirla.

■

Anselmo persiguió a su hermano monte abajo.

–Ricardo, no seas bruto. ¡No podemos dejarle ahí tirado!

–¡Nada! Ahí se queda. Ahora el que se ha cansado soy yo.

–¿Y si se muere?

–Si se muere que se dé la extremaunción. ¿No es cura? Pues que se apañe solo.

–Que no, Ricardo, que no. ¡No podemos dejarle tirado!

Ricardo se detuvo y se sentó en una piedra.

–Haz lo que quieras. ¡Yo no lo saco!

Anselmo elevó sus ojos al cielo, pensando por qué le

tenían que pasar esas cosas a él, y siguió caminando en busca de las mochilas.

–Mucha organización, mucha estrategia, pero al final tengo que ser yo el que resuelva todo –murmuraba.

De vuelta para rescatar al cura, pasó junto a su hermano.

–Venga, no seas tarugo y ven a echarme una mano.

Ricardo gruñó, dio una patada a una piedra, maldijo algo inconcreto y se puso a caminar lentamente, con las manos en los bolsillos, siguiendo el rastro de su hermano.

–¿Qué tal se encuentra? –dijo Anselmo al llegar al pozo.

–Prefiero no saberlo –habló lastimosamente el eclesiástico–. He oído romperse un montón de huesos. ¡Yo creo que me he roto todo!

–Pero ¿dónde le duele?

–Todo. Me duele todo. Creo que me voy a morir aquí. ¡Mi muerte pesará siempre sobre vuestras conciencias!

–Seguro que sí, pero antes de morirse, ¿ha probado a ver si puede moverse?

–¿Moverme? –repitió el obispo mientras estiraba tímidamente una pierna–. ¡Cómo quieres que me mueva si estoy roto!

–Por si acaso, pruebe un momento –insistió Anselmo.

Dos pasos detrás de él, su hermano observaba escéptico la escena. Cuatro metros por debajo, apenas visible por la maleza, el obispo se rendía a su insistencia y probaba a mover el cuerpo: una pierna respondió, la otra también; después un brazo, el otro, el cuello... así hasta doblar un poco la cintura.

–Bueno, a lo mejor me queda algún hueso sano –reconoció.

–Muy bien. Voy a bajarle la linterna atada con una

cuerda. Mírese bien a ver cómo está y después se ata por debajo de los sobacos para que podamos sacarle.

El obispo gimió por toda respuesta. Encima de él había demasiadas zarzas como para apetecerle que tiraran de su cuerpo hacia las alturas. La caída le había dejado pinchos por todo el cuerpo, pero el rescate podía suponer que ahora se le clavaran hasta en el paladar. «Acabarán con lo poco que me queda sano», pensó al ver colarse entre las matas la linterna encendida, que bajaba directa hacia su cabeza. Antes de que le rozase, alzó el brazo y la agarró, soltándola de la cuerda.

–Ahora mire a ver si tiene algo roto –gritó Anselmo.

El obispo obedeció: enchufó la luz hacia sus pies y lo que vio asomar entre ellos le dejó paralizado.

–¡Válgame Dios! –gritó horrorizado, mientras se echaba hacia atrás.

–¿Qué pasa? –preguntó Anselmo–. ¿Es grave?

El obispo Ramiro observó la calavera de mandíbulas desencajadas que acababa de descubrir a sus pies y confirmó la gravedad del asunto.

–¡Yo diría que es mortal! –exclamó.

Anselmo ya estaba acongojándose, pensando que les iban a acusar de asesinato, cuando su rehén le aclaró que allí abajo había alguien más grave que él.

–¡He caído en un sitio ocupado! –gritó.

–¿Qué quiere decir?

–Quiero decir que aquí hay alguien que se cayó antes que yo –dijo el cura, pasando la linterna por otros huesos que aparecían alrededor de la calavera–. Bastante antes, me parece.

Explicó que compartía el hueco con un esqueleto que tenía todo el aspecto de llevar mucho tiempo allí. Y aún dijo más:

–¡Tengo una corazonada! –proclamó entre solemne y nervioso.

Ricardo preguntó qué clase de disparate era ese del esqueleto. Anselmo urgió al cura para sacarle cuanto antes de un lugar tan macabro. Pero el obispo Ramiro, súbitamente calmado al tener constancia de que los huesos que había oído crujir no eran los suyos, sino los de quien había hecho de colchón, se incorporó como pudo y pidió un minuto de tranquilidad para proceder a una exploración, por si eso servía para confirmar el presentimiento que acababa de tener.

Alumbró con la linterna y descubrió el resto de las piezas que completaban el cadáver sobre el que había aterrizado. Le había molido las costillas, pero aún conservaba fragmentos en buen estado de columna y extremidades. Los pies mantenían restos de carne apergaminada. La calavera se había soltado del resto del cuerpo con el golpe y había quedado con las fauces abiertas, como quejándose.

«Mucho daño no le habré hecho –pensó el obispo para consolarse del escalofrío que le ocasionaba la situación–. Mira que si fuese... –pensó después rumiando sus sospechas–, sería tremendo.»

Entonces observó que el esqueleto conservaba dos anillos en una de las manos. Venciendo sus escrúpulos, se agachó para cogerlos. Uno de los dedos se partió al hacerlo. El obispo se estremeció. Desde arriba le preguntaron qué pasaba. Pidió tranquilidad: que no le agobiaran.

Miró un anillo: era un sello pesado y aparatoso, con una piedra engastada. El otro era más sencillo y llevaba algo grabado. Estaba sucio. El obispo lo frotó enérgicamente sobre sus pantalones hasta que se aclaró un poco. Lo enfocó con la linterna y al fin pudo leer la palabra inscrita.

–¡Lambertus! –gritó fuera de sí–. ¡Dios mío, es él! ¡Es el cuerpo de Lamberto Garro!

Anselmo y Ricardo pensaron que su rehén había enloquecido. Que el golpe o la visión del fantasma lo habían trastornado. O quizá aquel paraje estaba encantado: solía suceder en las minas abandonadas.

Anselmo, nervioso, pidió al cura que se dejase de misterios y que se encordase para poder sacarlo a la superficie. Ni caso: el obispo Ramiro, presa de una gran excitación, rebuscaba más indicios entre los huesos.

Encontró trozos de tela, varios botones, una hebilla y algo que parecía una suela o quizá un trozo de jubón. Creía que ya había completado su tesoro arqueológico cuando le pareció distinguir unos signos grabados en la pared, junto a la calavera. Enfocó mejor y distinguió varias letras: una R, una A, una D. El corazón se le desbocó. Se agachó y frotó con la mano la pared hasta distinguir una frase completa: «POSTRADO ANTE EL SEÑOR MIRO MI CORAZÓN». Debajo había más letras. Frotó un poco más. Leyó: «EN EL PILAR MI ALMA». Imposible contar sus pulsaciones. Pero había más letras. El trazo de las últimas que descubrió era más débil. No lo entendía muy bien. «LAC ARRAFECIT», le pareció leer. Eso no tenía ningún sentido. «A no ser que... –pensó–, ¡claro!, es latín y quizá he unido mal las palabras. Tal vez sea LAC ARRA FECIT... Lac es leche, Arra debe de ser moneda y Fecit es hecho... o sea, Leche, Moneda, Hecho... pero eso tampoco tiene mucho sentido. Será una clave. A no ser que... ¡no!»

–¡No puede ser! –exclamó al pasar a pensar en voz alta.

–¿Qué? –dijeron desde arriba.

–¡No puede ser! –repitió otra vez el clérigo.

–¡Pero nos quiere decir qué pasa!

–¡LACARRA FECIT! ¡Eso es! –gritó–. ¡Lacarra lo hizo! Eso quiere decir. ¡¿Será posible que el destino nos haya jugado esa pasada?!

Con eso tenía bastante. Su descubrimiento le había permitido olvidar las magulladuras y los pinchazos. Había llegado el momento de salir y dejar que aquel montón de huesos descansara en paz. Entonces se ató la cuerda y gritó a los de arriba que se hallaba listo para ser rescatado.

Ricardo cedió y ayudó a su hermano a izar al cura. Éste se golpeó un poco más y fue tragando pinchos hasta salir fuera. Pero nada le importó. Estaba eufórico.

–¡Acabo de resolver un misterio de más de doscientos años! –exclamó exultante en cuanto asomó la cabeza llena de arañazos.

–Sí, ahora dirá que no quería escapar, que estaba practicando la arqueología –dijo Ricardo.

–¡Eso es! Vamos abajo y os lo cuento.

Renqueante, pero satisfecho, el sacerdote descendió escoltado por los Moreda hasta el lugar que habían elegido para dormir. Allí se acomodó y, mientras Ricardo sacaba los restos de comida que quedaban, Anselmo empezó a quitarle pinchos de la cabeza y el cogote. Como si lo despiojara.

Así, entre punzadas y tirones de pelo, el obispo Ramiro comienza a explicar el motivo de su repentina alegría.

–La casualidad ha querido que haya encontrado algo que puede tener una gran trascendencia.

–Más trascendencia hubiese tenido si se mata –apunta Ricardo.

–Pero no es la muerte lo que he encontrado, sino una gran revelación. Escuchad: ya os dije antes que estas minas habían sido muy importantes. Hace varios siglos, aquí trabajaban cientos de personas.

Antes de proseguir, el sacerdote echa un trago de agua.

–A principios del siglo XVIII estaban en su mejor momento. Se saca tanta plata que sus dueños, que son unos condes con raíces en Tarazona, realizan una magnífica donación: ofrecen toda la plata que sea necesaria para hacer con ella el gran retablo de la catedral. Eso es todo un acontecimiento, así que se decide encargar el trabajo a los mejores plateros de Zaragoza: los Garro, una familia con mucha tradición.

–¿No serán familia suya? –pregunta Anselmo.

–No. Ni vuestra seguramente –dice el cura, molesto con la interrupción–. Bueno, pues ante un encargo tan importante, uno de los Garro, llamado Lamberto, se traslada a Tarazona y reside allí mientras trabaja en la que va a ser su obra más monumental. A Lamberto le llevan gran cantidad de plata en lingotes que son custodiados en la propia catedral. Pero ése no es un lugar muy seguro y un buen día desaparecen varios lingotes. Poco después se sabe que los ha robado un cantero que también trabaja allí. El cantero es capturado y ajusticiado públicamente como escarmiento.

El cura hace una pausa y se queda mirando a Ricardo.

–Para que veáis cómo se trataba antes a los delincuentes –dice, antes de seguir con la historia–. Bien, lo que pasa es que Garro también está escarmentado y busca un lugar más seguro para esconder la plata. Tiene mucho más material del que necesita porque su trabajo es muy lento. Entonces pide permiso al obispo para esconderlo en un lugar que sólo él conocerá, y el obispo de entonces accede a ello.

–Le daría comisión –comenta Ricardo.

El obispo Ramiro no se inmuta y continúa el relato.

–Mientras sigue con su trabajo diario, Garro prepara un escondite en secreto. Sólo cuenta con la colaboración del ayudante que se trajo con él de Zaragoza. Cuando lo tiene listo, se queda con un poco de plata para terminar el frontal del altar mayor, que es lo primero que empieza a trabajar antes de meterse con el retablo, y el resto de la plata la esconde para ponerla a salvo de cualquier tentación.

–¿No había bancos entonces?

Ahora es Anselmo el que interviene. El obispo le observa con mayor benevolencia y, sin contestarle, prosigue.

–Un día de 1724, cuando ya ha terminado el altar, Lamberto Garro sale de camino hacia las minas. Viene a hablar con quienes preparan los lingotes para pedirles que hagan unas planchas especiales que necesita para la gran obra que pronto emprenderá.

El narrador toma otro trago de agua.

–Garro sale de Tarazona en compañía de su ayudante. Son vistos al pasar por Vera y también por Añón, pero luego siguen monte a través para llegar aquí, sin pasar por Talamantes. Ese atajo les impide enterarse de la desgracia que ha caído sobre las minas: justo el día antes de su llegada, un minero ha muerto por la peste y todos los demás han huido despavoridos. Se sabe que Garro y su ayudante llegan aquí y que no encuentran a nadie: sólo el cadáver abandonado de la víctima de la peste. Y eso es prácticamente lo último que se sabe de Lamberto Garro. Hasta el día de hoy, porque el esqueleto que yace en el pozo, oculto por las zarzas, es sin ninguna duda el cuerpo de Lamberto.

–Menuda historia –murmura Anselmo.

–Espera, que aún no he terminado. Digo que es lo último que se sabe de Lamberto Garro, pero no de su ayudante. Su ayudante aparece dos días después en el pueblo de Trasobares, el primero que hay bajando hacia el valle. Llega allí pidiendo ayuda y dice que a su patrón lo han matado unos bandidos. Según parece, él mismo también llega herido, pero aún lleva algo peor: está contagiado por la peste.

–No parece muy sano este sitio. –El inciso es de Ricardo.

–El ayudante de Garro suplica que avisen a su hijo, que está en Zaragoza, pero para cuando éste recibe la noticia y logra llegar a Trasobares, han pasado varios días y su padre ha muerto. Sólo ha dejado una carta para él, y un pueblo que también comienza a vaciarse aterrorizado ante el brote de la enfermedad. Y eso es casi todo.

–¿Cuál es el casi? –Ahora es Anselmo.

–Bueno, lo que viene después es fácil de imaginar: con Garro desaparecido y su ayudante muerto, nadie es capaz de encontrar la plata escondida. Por más que se revuelve, no hay manera de dar con ella. Se piensa que el ayudante de Garro ha podido dejar a su hijo las instrucciones para encontrarla; sin embargo, los de Trasobares que le han asistido y han recogido su carta aseguran que en la nota sólo pedía a su hijo que rezase mucho y que se dejase guiar por san Atilano. El caso es que al hijo se le pierde la pista y de la plata no se sabrá nunca más.

–¿Quiere decir que ese tesoro sigue sin ser hallado? –pregunta Anselmo.

–Así es. Durante años se especula con que se lo han llevado los descendientes del ayudante o alguno de Trasobares que hablase con él antes de morir. –El obispo levanta la voz–. Sin embargo, creo que acabo de resolver el enigma.

–¿Ah, sí? ¡Cuente, cuente! –Anselmo se entusiasma.

–Veréis. La catedral de Tarazona lleva más de diez años cerrada. Cuando empezaron las obras de restauración se suponía que sólo se trataba de limpiar un poco y consolidar la torre, pero según avanzaban el arquitecto encontraba nuevos problemas. Empezó a decir que los cimientos estaban corroídos y poco a poco ha ido agujereando todo el suelo de la catedral. Ahora también quiere levantar el claustro. ¡Son las obras de nunca acabar!

Por un momento, Anselmo y Ricardo no entienden por qué ese giro en la conversación del obispo. Pero en seguida llega la aclaración.

–Pues bien, acabo de entender por qué tanto retraso. Al arquitecto no le interesa acabar porque en realidad está buscando el tesoro de Lamberto Garro.

–¿Qué le hace pensar eso? –interviene Anselmo.

–Muy sencillo: junto al esqueleto hay unas frases rayadas y la última, la que debió de escribir justo antes de morir, dice «Lacarra fecit», que significa «Lacarra lo hizo», en latín. ¿Y qué hizo Lacarra? Pues me imagino que matarle. Es decir, que Lacarra sería seguramente el nombre de su ayudante.

–Ese nombre me suena –interviene Ricardo.

–¡Más me suena a mí! –exclama el obispo–. El arquitecto que tiene la catedral levantada es de Zaragoza y se llama Rafael Rodríguez Lacarra. ¡Tiene que ser un descendiente!

–Me parece que ese nombre lo dijo el viejo del pozo –recuerda Ricardo.

–¿Qué viejo? –pregunta el obispo–. ¿Qué pozo?

–Nada, nada. Son cosas mías.

–Bueno, pues lo que digo, si Garro escribió su nombre es porque no le mató ningún bandido, sino alguien que conocía. ¡Su ayudante! No podía ser otro. Y este arquitecto tiene que ser el primero de sus descendientes que ha encontrado una buena manera de buscar el tesoro sin levantar sospechas. ¡Menudo elemento!

–Vaya historia –dice Anselmo.

–Sí, no hay quien se la crea –remata su hermano.

–Sólo hay una manera de salir de dudas –dice el obispo–. Ir a Tarazona y buscar la plata.

–Ni lo sueñe –dice Ricardo–. Suponiendo que fuese verdad, si uno que lleva diez años excavando no la encuentra, entonces es que se la llevaron.

–O que no ha sabido dónde buscar. Y yo sí lo sé porque he leído los mensajes que escribió Garro antes de morir.

–¿Ah, sí? ¿Qué dicen?

–Bueno..., son unas claves que sólo se pueden descifrar en la propia catedral –el obispo va de farol–, pero yo las entiendo perfectamente.

–Sí, ¿pero qué dicen exactamente?

–Bueno..., dicen más o menos «postrado ante el Señor miro mi corazón», una, y la otra pone «en el pilar mi alma».

–O sea, nada –dice Ricardo.

–No, no. Os aseguro que si me lleváis a la catedral yo sabré encajarlas correctamente para buscar el tesoro. Y si lo hallamos, tendréis el dinero que necesitáis. Siempre que me dejéis libre, claro está.

Los dos hermanos se miran. En los ojos de Anselmo hay un brillo de esperanza. En los de Ricardo, de recelo.

–¿Tú qué opinas? –pregunta el mayor.

–Que es un cuento chino –contesta Ricardo.

–¡Hombres de poca fe! –exclama airado el obispo–. ¿Es que no veis los anillos que he cogido del esqueleto de

Lamberto? Os ofrezco una salida honorable y muy provechosa para todos. ¿La vais a rechazar? ¿Y qué haremos pues? ¿Seguir corriendo por el monte conmigo a cuestas? ¿Cuánto creéis que tardarán en cazaros? A lo mejor ya están estrechando el cerco. Pueden estar a un kilómetro de aquí. O quizá menos. En realidad no merece la pena que os ofrezca nada porque a lo mejor mañana soy libre y puedo buscar yo solo, sin deberle nada a nadie.

El discurso causa efecto inmediato en Anselmo.

–Cálmese un poco que todo se puede negociar. Espere un momento.

Se levanta, coge a su hermano, se lo lleva unos metros más allá y cuchichean. Discuten. Hay un intercambio de pareceres con un solo punto en común: nada ha salido como esperaban. Por lo demás, la divergencia es absoluta: Anselmo propone arriesgarse e ir a buscar el tesoro con el obispo y Ricardo propone arriesgarse y seguir adelante con él hasta saber qué ha conseguido Oreste.

–Éste es un paraje muy solitario –dice para reafirmar su propuesta–. Aquí no nos descubrirán nunca.

–Sí, ¿y mañana qué comeremos?, ¿piedras? –pregunta Anselmo.

Después añade algunos peros más que acaban por derrotar a Ricardo. Éste, por una vez en la vida, va a ceder ante la primogenitura.

–Haz lo que quieras –dice resignado.

Vuelven junto al obispo, que mientras tanto no ha dejado de quitarse pinchos de las manos, de las muñecas, del cuello, de los codos. Parece como si le hubiesen picado mil insectos a la vez. Está lleno de pequeños puntos rojos. Pero no le duele: sigue bajo el éxtasis del descubrimiento.

–¿Qué, lo habéis pensado mejor?

–Sí; iremos a por la plata –dice Anselmo–. Pero con dos condiciones: que jure que no nos descubrirá y que si hay tesoro se reparta en tres partes iguales.

–Eso es imposible –replica el cura–. La plata pertenece a la catedral. Si la encontramos os corresponderá el veinte o el treinta por ciento. El resto es para acabar las obras. De llevarse dos tercios, nada de nada.

–Ya te he dicho que con este hombre no se podía negociar –dice Ricardo.

–El treinta por ciento para nosotros –contraataca Anselmo.

El obispo recapacita y piensa que no pierde nada diciendo que sí. Ya tendrá tiempo de negociar otra rebaja si finalmente aparece la plata.

–De acuerdo –dice–, pero ni un gramo más.

–Ahora jure que no nos delatará.

–Lo prometo. Lo prometo solemnemente por la memoria de san Atilano.

–Si falta a su palabra, se condenará al fuego eterno –dice Anselmo.

–Pues allí nos veremos, porque vosotros lleváis una carrera...

Después de alcanzar el acuerdo, ya no hay mucho más que decir. Los tres están agotados. Han sido demasiadas cosas, demasiado trote en un día que acabó por convertirlos en socios. Magullado alguno, derrotado otro y cansados todos, mordisquean algo de lo que les queda antes de preparar un nido entre las piedras y acabar profundamente dormidos. Definitivamente traspuestos, sin nadie que vigile a nadie.

Unos metros más arriba, el esqueleto de Lamberto Garro descansa con la misma placidez. Machacado, pero con la satisfacción del deber cumplido porque al menos ahora, después de casi tres siglos, alguien ha leído sus mensajes.

# III
# SÁBADO

Mientras las calles de Tarazona hervían con cientos de personas que apuraban la fiesta hasta el límite de sus fuerzas, Laura pasó la noche enclaustrada en el hotel. En parte por ahorrar, ya que el miserable de su director no le pagaba la habitación, pero también por remirar los papeles del arquitecto antes de deshacerse de ellos.

Los revisó todos parsimoniosamente, hasta bien entrada la madrugada, pero no encontró ningún otro de su interés aparte de la carta del anticuario. Se durmió tarde. No cesaba de elaborar teorías sobre la relación del arquitecto con el secuestro.

Por la mañana despertó bruscamente: estaba soñando que había sido descubierta y que el guardia Isidro, en lugar de llevarla a investigar en la catedral, la tenía encerrada en una mazmorra.

«Demasiada tensión informativa», se dijo antes de

darse una ducha y llamar por teléfono a su supuesto carcelero.

Por la conversación que mantuvo con él, no parecía que hubiesen descubierto su intromisión en la casa de la calle Borja. Isidro se limitó a decirle que irían a la catedral al caer la tarde. A eso de las ocho. Le dijo que pasase a buscarle a partir de esa hora.

Laura pensó que hasta entonces tendría tiempo de hablar con mucha gente. Elaboró una lista que incluía visitar el ayuntamiento, el seminario y el Instituto de Estudios Turiasonenses, donde podría consultar algunas cosas sobre la catedral. Otro asunto que le preocupaba era deshacerse de los papeles del arquitecto, pero eso convenía dejarlo para la noche. «Seguramente tardarán bastante en descubrirlo», pensó.

■

–¡Mierda! –exclamó el arquitecto Lacarra en ese mismo momento–. ¡Aquí han entrado a fisgonear!

«Lo que me faltaba», pensó. Lacarra acababa de llegar a Tarazona tras un viaje agotador desde Marbella. Estaba tirado en la playa, tostándose el ombligo, cuando conoció por el periódico la extraña desaparición del obispo. Supo inmediatamente que eso le afectaba. No sabía cómo, pero le afectaba. Podía ser para bien, porque el obispo Ramiro era un sujeto molesto, con quien mantenía unas relaciones muy tensas. Pero también podía ser para mal, porque centraba la atención de demasiada gente sobre Tarazona y eso podía estropear sus negocios. Así que no lo pensó más: dejó la playa, llamó a sus secuaces de Zaragoza y quedó citado con ellos para la mañana siguiente en Tarazona.

No pensaba descubrir en una tarde la plata que llevaba diez años buscando, pero al menos le convenía poner a salvo algunas de las piezas que había reservado de las últimas excavaciones. Entre ellas dos magníficas lápidas esculpidas en mármol con las figuras de un hombre y una mujer. Habían aparecido bajo el pasillo central, sin sus correspondientes restos mortales, como si hubiesen sido arrojadas allí en alguna remodelación anterior y luego olvidadas. Lacarra no había dado cuenta de su hallazgo. Sólo Carmelo y Esteban, sus hombres de confianza, conocían su existencia.

Con el primero mantenía una larga relación heredada. Carmelo era hijo de Lorenzo Rodaura, quien muchos años atrás había trabajado con su tío, Adolfo Lacarra, y con su padre. Ellos y alguno más, aprovechándose de su trabajo en el gremio de la construcción, habían puesto en marcha una próspera red de robo de obras de arte en iglesias y ermitas de toda la región. Era un grupo de gente decidida y poco amiga de las deserciones. A un cura que los descubrió lo envenenaron. A uno que quiso dejar la sociedad lo arrojaron a un pozo. Y así con todo.

Rafael Rodríguez Lacarra continuaba la saga familiar, pero no tan rudamente y sin dedicación exclusiva. La carrera de arquitectura le había permitido prosperar con mucha más sutileza. Pero mantenía la tradición y había prometido a su tío y a su madre que algún día encontraría el tesoro por el que su familia suspiraba desde hacía doscientos setenta años.

Con esa obsesión llevaba diez años desguazando la catedral de Tarazona, sin ningún resultado. Mientras la plata se resistía, Lacarra se entretenía sustrayendo pequeñas piezas. Algunas, si estaban en lugares altos o discretos, eran sustituidas por copias que le preparaban en Madrid. Otras, las menos controladas, simplemente desaparecían. Eso les iba a pasar a las lápidas.

Carmelo y su joven ayudante, Esteban, se encargarían de llevarlas a Madrid, como habían hecho ya con óleos, tablas, figuras... Diez años más y Lacarra sería capaz de dejar una tienda de campaña ocupando el sitio de la catedral. Pero a la vista de lo que ocurría, no iba a tener tiempo para tanto.

Aunque no recordaba que hubiese documentos comprometedores entre los papeles que guardaba en aquel cuarto de trabajo, el simple hecho de que hubieran hurgado allí le preocupó tanto como para salir apresuradamente de la casa.

Carmelo y Esteban esperaban dentro de una furgoneta gris. Lacarra se apoyó en la ventanilla.

–Hay que largarse cuanto antes –dijo.

–¿Y las lápidas? –preguntó Carmelo.

–Las lápidas las sacaremos por la tarde, cuando no haya nadie por la zona. Yo me voy a Tudela a arreglar unos asuntos. Os espero aquí a las ocho y media. ¡Procurad que no os vea nadie hasta esa hora!

–Descuide, jefe –dijo Esteban–. Nos vamos a comer a Borja y luego nos tiramos debajo de un pino hasta las ocho.

Lacarra dijo que muy bien. Que hicieran lo que les diera la gana. Esteban le irritaba: cada vez que le llamaba «jefe», a Lacarra le subía la tensión varios puntos. Le aguantaba porque Carmelo lo tenía de ayudante y porque era la clase de joven bruto que siempre venía bien como aliado. Pero le encendía.

«Si no fuese porque necesitamos un gorila —pensó Lacarra mientras veía alejarse la furgoneta—, a buenas horas iba yo a aguantar a ese majadero.»

■

Cuando el obispo Ramiro abrió un ojo y vio a su lado dos bultos con forma humana, dudó un momento cuál era su situación y dónde se hallaba. Pero en seguida recordó todo.

–¡Mis queridos niños! –exclamó entonces, desperezándose.

Tenía que comenzar a ganárselos para la nueva causa.

–Hoy nos espera un gran día –añadió mientras se miraba las manos llenas de arañazos.

Anselmo apenas gruñó un poco. Ricardo se revolvió y abrió los ojos preguntándose qué ocurría. El cura ya se había puesto en pie.

–Desde lo alto de estos peñascos, tres siglos nos contemplan –decía lleno de espíritu histórico–. Trescientos años han pasado esperándonos. ¡Despertad y vayamos a cumplir la misión que nos han encomendado!

–¿Por qué no se va al infierno? –replicó Ricardo, mucho menos consciente de lo épico de la situación.

El obispo se agachó y le miró fijamente.

–Perdonaré tus palabras porque quizá todavía hablas en sueños, pero recuerda que hicimos un trato y ahora soy yo quien da las órdenes. ¡Así que arriba! Nos espera una jornada inolvidable.

Ricardo optó por darse la vuelta y postergar un poco más su encuentro con la fortuna. Su hermano, sin embargo, comenzaba a despertarse del todo y se mostró más receptivo.

–¡Arriba, compañeros! –insistía el cura–. El primero que se levante tendrá el desayuno preparado como premio.

Para no mentir, sacó de las mochilas lo que quedaba de comida: unos mendrugos de pan –duros como los lingotes que esperaba encontrar–, varios paquetitos de papel aluminio con restos de embutido que empezaba a cocerse en su propia grasa, un poco de queso, algo de chocolate y la cantimplora de agua.

–Toma –le dijo a Anselmo tendiéndole la pitanza–. Te lo has ganado por madrugador.

Anselmo agradeció el detalle, pero dijo que antes quería mojarse un poco. Al obispo le pareció una idea muy oportuna y se brindó a acompañarle al arroyuelo.

–Al final vamos a ser nosotros los secuestrados –murmuró Ricardo, ya desvelado, cuando los vio caminar juntos.

Cuando todos estuvieron en pie, aseados en el espacio comprendido entre la barbilla y las cejas –no más– y convenientemente malcomidos, el obispo, después de recordar que ahora eran una sociedad y cada uno debía cumplir con sus compromisos, dio la orden de marcha.

–Adelante, compañeros –proclamó solemne–, hoy nos espera la gloria al final del día.

Si no llevase los pelos revueltos y la cara con sombra de barba de dos días, si no mostrase arañazos por todas partes y pareciese perdido dentro de una camisa holgada y unos sucios pantalones de pana, quizá sus compañeros de aventura hubiesen vibrado con su frase. Viéndole así, a lo más que podían llegar era a sentirse culpables de haberle trastornado el juicio. Aquel que capturaron con aspecto de cura moderno, ahora parecía el jefe de una banda de salteadores. Y en cuanto a ellos mismos, preferían no pensar en su imagen porque bastante tenían con todo lo demás.

Echaron a andar por la senda que descendía paralela al arroyo. A uno y otro lado, las laderas crecían escarpadas, con un intenso color rojizo en las rocas.

Después de una hora de paseo, aparecieron en una carretera estrecha y solitaria, justo en el lugar donde describía una gran curva de ciento ochenta grados para salvar un barranco.

–Ésta tiene que ser la carretera de Trasobares a Calcena –dijo el cura.

–¿Y ahora qué? –preguntó Ricardo.

–Ahora esperaremos a que nos saquen de aquí.

Después de decir eso, con absoluta tranquilidad, el obispo Ramiro caminó unos metros hasta llegar a un pequeño puente, se sentó en el pretil, cruzó las piernas y se dispuso a esperar el auxilio de la divina providencia.

Anselmo y Ricardo se miraron sin dar crédito a lo que les estaba pasando.

–Más vale que nos hagamos cargo nosotros del transporte –dijo Ricardo.

–Sí –confirmó su hermano–; me parece que este hombre no es muy práctico.

Tardaron unos minutos en convencerle de que ellos no estaban preparados todavía para detener al primer coche que pasara y que, si no hacían las cosas con discreción, no participarían en el negocio y volverían a la situación precedente.

Después de un pequeño tira y afloja, durante el cual no pasó por allí ningún vehículo, el obispo cedió: admitió que los hermanos decidieran el plan hasta el momento de acceder a la catedral. Una vez dentro, sería él quien asumiese la responsabilidad de encontrar la plata.

–Adelante –dijo–, éste es el último chantaje que os permito.

Ricardo retomó la responsabilidad de la marcha y Anselmo se encargó de darle palique al cura para que no se soliviantara. En ese orden echaron a andar en paralelo a la carretera, pero unos metros más adentro, entre los árboles, para no llamar la atención. Pusieron rumbo a Calcena porque al obispo le pareció que ése era el camino más corto para rodear el Moncayo y porque Anselmo y Ricardo sabían que por esa vertiente había pocos pueblos y eran tan pequeños que no tenían cuartel de la guardia civil. Alguno, en invierno, no tenía ni habitantes.

Después de algo más de una hora caminando, avistaron la torre de la iglesia de Calcena. En todo ese rato sólo habían visto pasar dos coches por la carretera y los dos en sentido contrario al suyo.

–De aquí hay que salir en coche o nos pasaremos dos días andando para llegar a Tarazona –dijo el cura.

Cuando estuvieron en las puertas del pueblo, Ricardo encargó a su hermano que entrara en él, que comprase algo de comer y que tantease la posibilidad de hacerse con algún vehículo. Mientras tanto, el obispo y él rodearían el cogollo de casas y le esperarían a la salida de la carretera por el otro lado.

Allí estaban, sentados, con el clérigo reiterando su convencimiento de que hallaría la plata y Ricardo callado, llevando todo con mucha resignación, cuando escucharon de fondo un petardeo que les hizo volver la mirada hacia el pueblo. Y por allí vieron aparecer un vehículo que parecía salido del túnel del tiempo: un motocarro, algo que Ricardo recordaba haber visto alguna vez de niño y que el cura tenía asociado a los repartidores de gaseosas de su juventud. Lo que ninguno de los dos podía imaginar era que todavía existieran, y mucho menos que quien condujese aquél fuera Anselmo.

Anselmo venía de la única tienda del pueblo. Allí, después de comprar algunas cosas de comer, le comentó a la señora que se le había estropeado el todoterreno por un camino y que buscaba a alguien que le pudiera alquilar un coche para bajar a Morés en busca de un mecánico amigo suyo. La mujer dijo que eso era imposible, que tendría que encontrar a alguien que le llevase por hacerle un favor. Y eso tampoco era fácil porque en el pueblo sólo quedaban ancianos. Pero nada más decirlo tuvo un ataque de compasión y una idea: en el corral guardaba el viejo motocarro que durante años les había servido para acarrear productos desde Morata.

–Para una urgencia puede servirle –dijo la mujer.

También pensaba que, aunque no se lo devolviese, no perdería nada.

Cuando llegaron al corral y Anselmo vio el vehículo que le prestaban, pensó que la carretilla *dumper* era un Rolls Royce al lado de aquello. Pero todo era mejor que seguir andando.

Aceptó el ofrecimiento. La mujer le explicó que funcionaba como una moto.

–Gasolina tiene, porque hace poco estuvo un hijo enredando con él.

–Pues no se hable más –dijo Anselmo–. Ya se lo devolveré.

Así salió del pueblo al poco rato, montado en aquel vehículo de tres ruedas gobernado por un manillar de motocicleta que ocupaba toda la cabina del conductor. Una cabina sin puertas, con un parabrisas de plástico amarillento y una ventana posterior que comunicaba con el espacio para las mercancías: el sitio donde poco después hacía montar a su hermano y al obispo.

–¡Yo no me subo ahí! –dijo el sacerdote, todavía alucinado por el medio de locomoción que había conseguido Anselmo–. ¡Pero si es un «isocarro» sacado de la chatarra!

Ricardo se fijó en la matrícula –tendría unos veinticinco años– y felicitó a su hermano por encontrar lo peor de lo peor cuando buscaba coches. Pero no discutió: subió a la parte trasera –que no tenía cubierta– y le dijo al cura que era indigno de un sacerdote no ser fiel a su palabra y encima mostrarse cobarde y miedoso. Ante eso, el obispo Ramiro claudicó y, aunque a regañadientes, se sentó junto a Ricardo.

Anselmo repartió ánimos asegurando que el vehículo era lento, pero seguro. Después arrancó carretera arriba, dejando por detrás un ruidoso zumbido que taladraba los tímpanos de los pasajeros.

Nada más salir de Calcena había una bifurcación. Tomaron el camino de la derecha: todo un reto para el motocarro porque a partir de ahí la carretera, además de estrecha y llena de baches, era una subida continua de muchos kilómetros.

Desde las primeras rampas, Anselmo notó que ésa sería la última aventura de aquel vehículo.

–Éste no vuelve al corral –murmuró para sí.

Agarrado al manillar, con el puño derecho acelerando a tope para alcanzar una velocidad de crucero de diez kilómetros por hora, Anselmo pegaba las narices al parabrisas para no perder detalle en la sucesión de curvas que tenía delante.

–¡Ponle la tracción a las tres ruedas! –gritó su hermano cuando más salvaje era el porcentaje de las cuestas.

Ricardo observaba los precipicios que iban quedando atrás y pensaba que si al motocarro le fallaban los frenos, o a su hermano la vista, sus acreedores no tendrían que molestarse con represalias. El obispo Ramiro, ante el mismo panorama, se preguntaba si andaría muy lejos su ángel de la guarda. Afortunadamente, Anselmo no era tan pesimista: había calculado que no le sería difícil saltar al suelo en caso de apuro. Era la ventaja de no llevar puertas. Sólo había que tener los reflejos suficientes para salir antes de que el salto se convirtiera en vuelo.

Contra viento y marea, contra curvas y barrancos, poco a poco fueron remontando aquella carretera que parecía recién salida del jurásico inferior. Pasaron por el pueblo semiabandonado de Purujosa y poco después, tras superar las rampas más levantiscas, coronaron un collado que marcaba el límite entre Aragón y Castilla.

–Ya sé lo que debieron sentir los que llegaron a la Luna –exclamó Anselmo al alcanzar el punto más alto.

Habían tardado más de una hora en llegar. Unos minutos densos y largos, durante los cuales el obispo Ramiro rezó diez padrenuestros, otras tantas avemarías y varias oraciones de cosecha propia que tenían como destinatarios a san Atilano, san Gaudioso, san Gerardo María Mayela y san Cristóbal. A los tres primeros porque les tenía devoción y al último porque, como patrón de los conductores, alguna competencia tendría en un caso así. Sin embargo, como sus rezos habían sido mudos, al culminar la ascensión pretendió hacer creer a su compañero de habitáculo que había subido tan tranquilo, disfrutando del paisaje.

–La verdad es que había unas vistas estupendas –dijo el cura.

–Sí, ya me fijé cómo cerraba los ojos para retenerlas en la memoria –contestó Ricardo.

En vista del comentario, el obispo pensó que era mejor mantener un digno silencio y seguir meditando.

Los kilómetros siguientes eran de suave descenso. Pasaron por un pueblo que parecía vacío, Beratón, y después por un páramo solitario. Un pastor los vio pasar desde lejos, se levantó un poco la boina y se rascó la frente mientras se preguntaba si aquello sería eso que llamaban un «cuatroporcuatro».

Después pasaron por otro pueblecito y a continuación Anselmo le echó valor y salió con su motocarro torpedero a una carretera más ancha, en dirección a Olvega. A esas alturas, Ricardo y el obispo se entretenían comiendo algunas de las cosas que Anselmo había comprado en Calcena. A él también le pasaron un poco de pan y queso por la ventanilla rota.

Cuando Olvega estuvo a la vista, Anselmo pensó que por allí sería imposible pasar desapercibidos. Ese pueblo ya era bastante grande como para llamar la atención. Y además había que parar porque el obispo exigía la compra de un par de picos y una pala para llegar bien pertrechados a la busca del tesoro.

Ricardo se encargó de la compra mientras Anselmo sentaba al cura a su lado y así, apretujados en la cabina, cruzaban el pueblo ante la mirada atónita de unos cuantos vecinos.

–Recuerde el pacto y no se le ocurra hacer nada extraño –advirtió Anselmo por si acaso.

Tras la última casa del pueblo, Anselmo paró el motor y esperó a su hermano.

Ricardo había encontrado la tradicional tienda-bazar de pueblo, donde vendían de todo, y además de picos y pala también se había comprado un machete.

–Todos los que buscan tesoros llevan un machete –dijo para justificar su adquisición.

–Con una lanza estarías mejor –dijo el cura con su peor veneno.

Ricardo no contestó. De momento, no quería guerra.

Siguieron viaje hacia Ágreda. Anselmo comentó que ese pueblo era demasiado grande para exponerse a atravesarlo y propuso una ruta alternativa con la que estuvo de acuerdo su hermano: tomar la carretera de Vozmediano y desde allí coger el camino a Los Fayos –su pueblo–, luego Torrellas y de allí a Tarazona andando. Cualquier rodeo era menos peligroso que salir a la carretera nacional con aquel trasto tan llamativo.

Todo fue bien hasta que hubo que dejar la carretera

y coger el camino que descendía paralelo al río para llegar a Los Fayos: al pasar por las primeras piedras, el motocarro mostró síntomas inequívocos de no estar preparado para el trial. La amortiguación debía de ser un concepto no inventado en su época. Pero lo de menos fueron los brincos y los golpes que se llevaron en ese primer contacto con el terreno irregular: apenas habían recorrido quinientos metros cuando la rueda delantera reventó contra un guijarro.

–¡Aquí se acabó el servicio! –exclamó Anselmo.

–Pues habrá que seguir andando –dijo el cura–. ¡Y queda un rato!

Un rato largo. Pero no había alternativa. Cinco minutos después, Anselmo, Ricardo y el obispo Ramiro marchaban en fila india con los picos y la pala al hombro. Vistos desde lejos, parecían tres de los siete enanitos que se hubiesen quedado rezagados al volver de la mina. Pero a ellos no los esperaba Blancanieves al llegar a casa.

■

–Dentro de veinte minutos tengo que devolver la llave –dijo el guardia Isidro poniéndose lo más severo que sabía.

–Quien dice veinte minutos, dice media hora –contestó Laura.

–¡He dicho veinte minutos! Y además, no sé qué piensa ver ahí dentro. Está todo patas arriba.

La periodista y el policía salían caminando del cuartelillo hacia la catedral. A fuerza de insistir, Laura lo había conseguido. Antes de eso había pasado la tarde con un viejo erudito con quien le había puesto en contacto María: don Gustavo Serer, un hombre que sabía mucho sobre la catedral.

El viejo, además de hacer continuos esfuerzos por ponerle la mano en las rodillas, le había contado algunas leyendas tejidas en torno al templo. Le contó que se hundía porque bajo sus cimientos quedaban viejas galerías de la época árabe, le habló del cura que se arrojó al pozo del claustro tras dejar preñada a una hija de los condes de Diezma y le dijo que escondía un fabuloso tesoro de plata que durante más de dos siglos nadie había logrado hallar. Demasiadas cosas para comprobar en veinte minutos.

Del cuartelillo a la catedral apenas había cien metros; insuficientes para ablandar el corazón del policía y arrancarle una prórroga de diez minutos. Tendría que intentarlo dentro.

En lugar de llevarla por la puerta principal, Isidro condujo a Laura por una calle lateral donde no había casas: la calle por la que ella se había dirigido el día anterior a asaltar el estudio de Lacarra.

Laura tuvo un arrebato de mala conciencia al volver por allí, pero se le pasó en seguida: en cuanto se plantaron ante la puerta verde de la tapia que cubría la parte posterior de la catedral.

–Se entra por aquí desde que está en obras –dijo Isidro.

Sacó la llave que le habían prestado y abrió con ella. Después de entrar ambos, cerró de nuevo.

–No se nos vaya a colar alguien –dijo, aunque sabía bien que por esa zona no pasaba nadie.

El sitio al que accedieron era un pequeño solar lleno de material de obra: montones de ladrillos, sacos de cemento, carretillas, una hormigonera. Todo desordenado. Como si hiciese tiempo que nadie se ocupaba de ello.

–Desde mayo no ha venido nadie por aquí –aclaró Isidro–. Trabajan por temporadas de dos o tres meses, hasta que se gasta el dinero que asigna el ministerio o la diputación, y luego paran ocho o nueve meses hasta que vuelve a haber presupuesto.

–Les saldría mejor hacer una nueva –dijo Laura.

–Seguramente.

Isidro guió a Laura hasta una puerta de madera por la que entraron en una sala con grandes calderas. Después atravesaron un pasillo lleno de cachivaches y aparecieron en una sacristía. Allí donde ponían los pies se levantaba una nube de polvo que bailaba bajo la poca claridad que entraba por los ventanales. Isidro había cogido una linterna por si la luz era escasa más adentro.

–Ahora viene lo bueno –dijo el guardia.

Salieron de la sacristía y se encontraron en el corazón del templo.

Lo que vio Laura tenía poco aspecto monumental. La nave central estaba ocupada por grandes andamios, grises y amarillos. La mitad de los arcos se hallaban sujetos con columnas metálicas o tapiados con ladrillos. Todas las paredes estaban apuntaladas y el suelo carecía de piso regular: era una sucesión de agujeros y zanjas. Las capillas que estaban a la vista protegían con grandes plásticos sus esculturas y retablos.

–No está el sitio como para decir misa –murmuró Laura.

–Ni para un funeral –corroboró Isidro–. Venga y verá.

Cruzando sobre las pasarelas metálicas que permitían salvar los agujeros, Isidro condujo a Laura más adentro, enfocando con su linterna hacia los rincones. Por donde pasaba la luz, salían numerosos murciélagos.

–Odio a esos bichos –dijo Laura.

–Los hay a cientos –dijo Isidro, confiando que con

eso no haría falta llegar ni a los veinte minutos prometidos.

Pero Laura era capaz de soportar bandadas de buitres si ello garantizaba una gran exclusiva.

–Peor serían las cucarachas –dijo la reportera.

Pidió a Isidro que la paseara por todos los rincones desafiando a la fauna del lugar. Y en eso estaban cuando de repente se escucharon unos ruidos y el guardia se quedó quieto, expectante.

–¿Qué ha sido eso? –dijo.

Laura también se detuvo y aguzó el oído.

–Suena por ahí, por donde hemos entrado –señaló la chica.

Entonces los ruidos se convirtieron, claramente, en voces humanas.

–¡Pero si he cerrado la puerta! –dijo Isidro.

Laura tuvo un pálpito; una corazonada que la estremeció de arriba abajo.

–¡Cállese! Vamos a escondernos. ¡Rápido!

–Pero es que...

Isidro no pudo acabar la frase. No le parecía digno que la máxima autoridad policial se escondiera precisamente cuando debía aclarar quién se colaba en la catedral. Pero no tuvo tiempo para quejarse. Laura tiró de él, arrastrándole hasta el rincón más oscuro de una capilla y rogándole que no hablara.

–Esto puede ser muy importante para los dos –susurró Laura mientras se acurrucaban.

■

–Si en mayo hubieseis hecho lo que os dije, no tendríamos que andar ahora con estas gaitas.

El arquitecto Lacarra estaba de mal genio. Llevaba

un día de perros: primero la paliza en coche desde Marbella, luego se encuentra con que le han robado papeles en Tarazona y, para rematar el día, algún hijo de mala madre le raya todo un lateral de su flamante Mercedes mientras comía en Tudela.

Cuando volvió a reunirse con Carmelo y Esteban, éstos se convirtieron en blanco de su enfado. Y en ello seguía mientras penetraban en la catedral.

–Deja la puerta abierta –dijo cuando vio que Carmelo iba a echar la llave por dentro–. ¡A ver si te crees que nos vamos a pasar aquí la noche!

Habían aparcado la furgoneta junto a la puerta verde de la tapia de la catedral. El plan era coger las cosas que habían quedado pendientes y salir rápido hacia Zaragoza. Lacarra no pensaba volver hasta la primavera. Probablemente para entonces ya sólo probaría a buscar el tesoro de Lamberto Garro en el claustro. El resto comenzarían a cubrirlo porque ya no quedaba prácticamente nada que rapiñar.

El arquitecto no paró de despotricar mientras entraban en la catedral.

–¡Y ahora a ver si no vais tan lentos como siempre! –gritaba en el mismo momento que llegaban a la nave central.

–En cuanto carguemos las lápidas y los candelabros, salimos volando para Zaragoza –dijo Carmelo.

–Vamos a aprovechar el viaje para coger algo más –dijo Lacarra–. Nos vamos a llevar también la virgen embarazada de la capilla de san Andrés y el cuadro de la virgen de Montserrat.

–Pero no tenemos copias... –dijo Carmelo.

–Da igual. –Lacarra no admitía titubeos–. Ya se traerán. Aquí no va a entrar nadie en muchos meses. ¡Hasta que a mí me dé la gana!

■

El guardia Isidro escuchaba todo sumido en el más absoluto desconcierto.

–¿Ve como yo tenía razón? –susurró Laura en su oído.

Evidentemente, ese que gritaba era Rafael Rodríguez Lacarra, el arquitecto. Y si lo que pretendía era sustraer objetos artísticos, su obligación como policía era detenerlo inmediatamente. Pero Laura, entre susurros, le convenció para que esperase unos minutos: era mejor no precipitarse para cogerle con pruebas irrefutables; por ejemplo, cuando saliese a la calle con algo a cuestas.

«Mira que no llevar cámara encima», se lamentaba Laura pensando en la foto que podría lograr de ese momento. Pero no importaba: lo que sucedía junto a ella era una bomba tan grande que no necesitaba imágenes como metralla. ¡Por fin iba a coger por el cuello al pícaro de Lacarra!

■

Allí seguía el arquitecto, dando instrucciones a sus cómplices para desmontar la tabla de la virgen de Montserrat de uno de los retablos menores.

–Estoy pensando que también nos podríamos llevar un confesionario –comentó mientras se dirigía a la zanja donde ocultaban las dos lápidas encontradas en la primavera.

Pero su instinto depredador se vio súbitamente interrumpido por unos ruidos que identificó en seguida.

–¡Silencio! –ordenó a sus ayudantes–. ¡Me parece que está entrando alguien!

Esteban tuvo el tiempo justo para descender de la escalera, apoyada sobre los plásticos que cubrían el retablo, y tirarse de cabeza a la zanja en la que ya se habían metido a toda prisa Lacarra y Carmelo; a cinco metros de la capilla donde Laura e Isidro contenían la respiración.

Segundos después de que se los tragara la tierra, las voces que les habían alertado aparecieron con todo su volumen en plena catedral, con una de ellas destacando sobre las demás.

–¡Por Dios que acabaremos con esta vergüenza!

Isidro, Laura, Lacarra, Carmelo y Esteban aún tardarían unos minutos en descubrir que el sujeto que gritaba como un poseso era don Ramiro, el obispo titular de aquel recinto sagrado.

■

Durante toda la caminata que les llevó hasta Tarazona, Anselmo y Ricardo no cesaron de preguntarse de dónde sacaba energías el maldito cura para seguir adelante.

–Debe de ser la fe –le comentó Anselmo a su hermano durante el trayecto.

De otra manera costaba entender que un hombre de mediana edad, malcomido, maldormido y con el cuerpo lleno de pinchazos y moratones, aguantase varias horas de marcha por el campo, desfilando con una pala al hombro como si fuese un fusil. Sin embargo, Ricardo tenía otra explicación:

–Yo creo que es la avaricia.

Fuese convicción o fuese codicia, el obispo Ramiro no flaqueó en los kilómetros que recorrieron desde el lugar donde se averió el motocarro hasta llegar, ya anocheciendo, a la catedral.

Primero pasaron por Los Fayos y luego por Torrellas,

metiéndose entre las huertas para que no los viera ningún lugareño. Después, también por el campo, llegaron a las inmediaciones de Tarazona y la rodearon por el este para entrar por la zona alejada del bullicio. Sólo una vecina de la calle Borja, que paseaba a su perro, se sorprendió al ver a cierta distancia a tres hombres de aspecto andrajoso que caminaban cargados con mochilas, picos y pala.

–Lo que no venga en fiestas... –murmuró la dama mientras sujetaba al caniche.

Ellos ni la vieron. Entraron por la calle que formaban las dos tapias que conducían a la catedral. Desde lejos llegaba el rumor de las ferias.

Al obispo le sorprendió ver una furgoneta aparcada junto a la puerta del muro. «Cómo estará la cosa más abajo para que vengan a aparcar hasta aquí», pensó. Y no le dio más vueltas al asunto. Su excitación era demasiado grande para pensar en otra cosa.

–¡Ahora sólo hay que saltar la tapia! –dijo animoso al llegar junto a la puerta verde.

Pero Anselmo y Ricardo no estaban para muchos brincos. Miraron los tres metros y medio de pared, después se miraron entre sí y Anselmo tomó la palabra:

–Espere un momento a ver si forzamos la cerradura, que me parece que será más fácil.

Ricardo y el cura se sentaron en el suelo para descansar un poco mientras Anselmo, con la punta del machete de su hermano, hurgaba en el interior de la cerradura, como había hecho un par de veces en su bar de Zaragoza cuando habían perdido las llaves del almacén.

En eso estaba cuando se apoyó en la manilla y, de repente, la puerta se abrió.

–¡Muy bien, muchacho! –dijo el obispo incorporándose–. Más rápido, imposible.

Su hermano también le felicitó efusivamente.

«Juraría que esta puerta estaba abierta», pensó Anselmo, todavía sorprendido por la poca resistencia que había encontrado. Pero no dijo nada de sus sospechas. Estaba encantado con los elogios.

Entraron los tres. El obispo, linterna en mano, los condujo por los pasillos. Estaba excitadísimo. Hablaba muy alto, embarulladamente, mostrando su seguridad en que hallarían el tesoro y se resarciría del daño sufrido por su catedral. Así fue como desembocó en la nave central y, mientras los Moreda se quedaban pasmados ante el estado de abandono del templo, exclamó:

–¡Por Dios que acabaremos con esta vergüenza!

Isidro, Laura, Lacarra, Carmelo y Esteban, agazapados en sus escondites, se preguntaron al unísono de quién sería esa voz justiciera que clamaba detrás de una linterna.

■

Después de la primera impresión, tras un vistazo fugaz a la luz de las linternas, Ricardo expresó en voz alta lo que pensaban los dos hermanos:

–Esto está muy trillado. Habría que meter una excavadora para descubrir algo nuevo.

–Eso lo veremos ahora –dijo el cura–. ¡Los caminos del Señor son inescrutables!

–Sí, y los planos de su esqueleto tampoco son muy claros –dijo Ricardo–. Así que buen negocio hemos hecho.

–Ya veremos, ya. Venid conmigo.

El obispo se dirigió a la capilla de la virgen del Pilar. Justo en la siguiente capilla, Laura sujetaba a Isidro para que no saliese a poner orden. Temía que espantase a todos los visitantes y se esfumase con ellos el notición que tenía delante.

–Una de las cosas que dejó escritas Lamberto –explicaba el obispo– fue que en el Pilar estaba su alma.

–Se nota que era de Zaragoza –murmuró Ricardo.

–Sí, pero quizá Lamberto hablaba de otra cosa cuando se refería al alma y de otro lugar cuando se refería al Pilar, porque esto que veis, amigos míos, también es una capilla dedicada a la virgen del Pilar.

Anselmo y Ricardo observaron lo que enseñaba el cura: no había ninguna Virgen, el suelo estaba completamente levantado y el altar se hallaba cubierto de plásticos.

–Pues si escondió algo aquí, hace tiempo que se lo llevaron –dijo Anselmo.

El obispo Ramiro paseó la linterna por el suelo: ciertamente, ese piso estaba muy explorado.

–De acuerdo –dijo–. Puede que la deducción sea demasiado obvia. Vayamos pues a fijarnos en la otra frase: «Postrado ante el Señor miro mi corazón»...

A esas alturas, los que escuchaban agazapados sacaban sus primeras conclusiones. Isidro comenzaba a pensar que aquélla era la voz del obispo. A Lacarra no le cabía ninguna duda, y también era el único que entendía perfectamente lo que quería decir: el cura había dado con alguna clave para encontrar el tesoro que su familia llevaba tanto tiempo buscando. Algo tan importante como para susurrar a sus ayudantes que no se movieran hasta ver qué salía de todo aquello.

Completamente ajeno a la existencia de un público tan selecto, el obispo Ramiro proseguía con sus deducciones en voz alta.

–Lo que hay que preguntarse es dónde se postraría Lamberto ante el Señor –dijo girando sobre sí mismo.

–Aquí, en cualquier sitio –dijo Anselmo–. Capillas no le iban a faltar.

–Sí, efectivamente –continuó el cura–, pero cuando se entra en una capilla es para postrarse ante una Virgen o un santo. Quien quiere postrarse ante el Señor lo normal es que lo haga en el altar mayor.

Cogió la pala y fue hacia allí. Anselmo y Ricardo le siguieron. El lugar mostraba el mismo aspecto desolado que el resto del templo.

–Muy bien. Ya estamos postrados ante el Señor. Y ahora, ¿dónde hay que mirar? –preguntó el cura.

–Debajo de la alfombra –dijo Ricardo de mala gana.

–¡En el corazón!, amigos míos. «Miro en mi corazón», dejó escrito Lamberto. ¿Y dónde está el corazón?

–En el pecho –contestó Anselmo.

–Sí, hombre, sí, pero aquí no hay ningún pecho que mirar. Ni siquiera un cuadro del Sagrado Corazón de Jesús. Esa frase será una metáfora... vamos a ver... el corazón está a la izquierda, luego me sitúo aquí, miro a la izquierda y...

Los tres siguieron con la mirada el haz de luz de la linterna, que se orientaba según las deducciones del cura. La luz se paró al chocar con una gran columna.

–¡Una columna! –exclamó el clérigo con un entusiasmo que los Moreda no entendieron.

–Pues vaya descubrimiento –dijo Ricardo.

–¡Una columna! –repitió el obispo–. ¡Eso es! ¡Una columna!

–Ya sabemos que es una columna –replicó Ricardo–, ¿y eso de qué nos sirve?

–Pues muy fácil, amigo mío. ¿Qué es una columna sino un pilar? ¿Comprendes? Éste es el pilar de Lamberto, y no una Virgen o una capilla: una simple columna. Ahí puede estar la clave de la plata.

Sus acompañantes miraron arriba y abajo la columna sin acabar de verlo claro. Habían previsto buscar el tesoro bajo la tierra y, aunque era evidente que casi todo el suelo había sido removido, en ningún caso pensaban que el escondite pudiera estar en un elemento vertical.

–Aún os diré más –siguió el cura–. Según la leyenda, el ayudante de Lamberto encomendó a su hijo que se dejara guiar por san Atilano. Pues bien, mirad ahí. –Enfocó con la linterna el frontal del altar mayor–. Ese de la izquierda es san Atilano... ¡y está mirando hacia la columna!

Anselmo y Ricardo comprobaron que el santo parecía tener la vista fija donde decía el cura, pero eso no era suficiente para convencerlos.

–¿Y qué quiere? –dijo Ricardo–. ¿Que tiremos la columna?

–Bueno... –el cura titubeó–, quizá está hueca.

–Sí, hombre –dijo Ricardo–, y entonces el techo lo sujetan los angelitos.

El obispo buscaba desesperadamente un argumento que justificase sus teorías.

–Quiero decir que a lo mejor le sobra envoltorio y esconde algún hueco. Es demasiado ancha. Lo mejor es tantearla para salir de dudas.

Ricardo y Anselmo se arrepentían de haber pactado con el cura. Si todo lo que se le ocurría era manosear una columna, la plata podía seguir oculta mil años.

Los dos hermanos siguieron al obispo y le observaron en silencio mientras daba golpes con los nudillos alrededor del perímetro de la columna, a diferentes alturas.

–Tiene que haber un hueco por aquí... –musitaba–. ¡Podríais echarme una mano!

Ricardo no se movió. Anselmo lo hizo para acabar

cuanto antes y no dar excusas al cura de que no cumplían lo acordado.

Al ponerse junto a él para dar unos golpecitos de compromiso, Anselmo soltó el pico y lo dejó caer sobre la base de la columna, un lugar donde se ensanchaba considerablemente con una gran moldura que imitaba la forma de las columnas clásicas, pero de un tamaño exagerado. Y allí fue precisamente donde sonó a hueco.

–¿Dónde ha sonado eso? –preguntó el cura.

Anselmo señaló el lugar donde había golpeado el pico: la moldura de la base que tenía forma de dos neumáticos superpuestos, siendo el de abajo un poco más ancho.

–Ha sido aquí. Es que esto debe de ser sólo un añadido decorativo.

–¡Ahí hay que darle! –exclamó el cura–. Ése es el sitio. Justo donde más se ensancha. ¡Trae ese pico!

Antes de que los hermanos reaccionaran, el cura tomó el pico y golpeó con él contra el gran adorno de escayola que rodeaba la columna. En el primer golpe se fragmentó la cubierta. En el segundo se abrió un agujero. El cura dio unos cuantos más, mientras Anselmo le alumbraba. Cuando el agujero tenía suficiente anchura, paró los golpes, arrebató la linterna a Anselmo y se agachó para mirar en él.

Anselmo y Ricardo permanecieron mudos. Después de unos segundos de observación, el obispo Ramiro sacó la cabeza, resopló y dijo algo en latín que sonaba a una mezcla de bendición y palabrota.

–Ya podemos encender una vela a san Atilano –añadió–. ¡El tesoro de Lamberto es nuestro!

■

Lacarra sintió una punzada parecida a un infarto cuando oyó lo que gritaba el obispo. Después hizo gestos a Carmelo y Esteban para que esperaran. Gestos parecidos a los que realizó Laura con Isidro para sujetarle unos minutos más.

–Hasta que no se mueva el arquitecto, nosotros quietos –le susurró al oído–. Hay que pillarle en renuncio.

Toda una prueba de paciencia para Isidro, cuyo arrojo policial le invitaba a salir y detener a todos los presentes. Con el obispo y sus acompañantes incluidos, por lo menos hasta que se aclarase el porqué de su desaparición y si se había escondido allí durante dos días –como empezaba a sospechar– sólo por una guerra entre él y Lacarra para hacerse con la plata.

Mientras tanto, Anselmo y Ricardo, con un nuevo talante, agrandaban lo que podían la entrada del pasadizo. Lo justo para acceder a unos escalones que, pegados a la columna, se adentraban hacia las profundidades en un espacio muy estrecho.

–Si Lamberto se metió por aquí, debía de estar en los huesos –comentó el cura–. O sea, casi casi como lo he visto yo.

–Pues ya puede ir a por el esqueleto, porque me parece que otro no cabe –dijo Ricardo–. Esto es demasiado estrecho.

–Claro, ahí está el truco –dijo el obispo–. Si la entrada hubiese sido más ancha, se saldría fuera del círculo de la columna y lo hubiesen visto durante las obras. Si no lo han descubierto antes es porque a nadie se le ocurre cavar en la base de una columna.

–No cante victoria que a lo mejor esto no va a ningún lado –dijo Ricardo.

–¡Ahora mismo vamos a bajar a verlo!

–No se cabe –dijo Anselmo.

–¿Quién ha dicho eso? Yo abulto poco. Pero si no me queréis seguir, habrá que reducir vuestra parte a un quince por ciento. Aquí o se cumple el pacto hasta el final o hay rebaja.

«Esta gente nunca sale perdiendo», pensó Anselmo. Su hermano pensó algo más grueso. Los dos se miraron.

–Ya que estamos aquí... –dijo Anselmo.

–Sí, ya que estamos aquí lo único que nos falta es morir asfixiados –dijo Ricardo–. Pero si quieres, vamos.

–¡Así me gusta! –exclamó el obispo–. Coged los picos y vamos adentro.

El obispo Ramiro, el más delgado de los tres, decidió abrir la marcha. Los hermanos le ayudaron a descolgarse hasta el primer peldaño, que se hallaba a más de un metro por debajo del nivel del suelo.

Tuvo que entrar con los brazos en alto, de lado, pegando la cara a la columna. El espacio era mínimo, agobiante.

–Si alguno calza más del cuarenta y dos, que no baje –farfulló el prelado–. Sí que es estrecho... ¡ya lo creo que sí!

No llegaban a esa talla ni se podían echar atrás. Anselmo entró a continuación y su hermano lo hizo en cuanto tuvo hueco.

En pocos minutos, los tres se encontraron en idéntica posición: comprimidos en la escalera de caracol más elemental que jamás hubieran visto, limpiando las paredes con el pecho y la espalda, mientras la cabellera hacía otro tanto con un techo que los obligaba a bajar ligeramente inclinados.

■

Cuando dejaron de escucharse sus voces, Lacarra mandó salir sigilosamente, en silencio y sin encender ni un mechero.

El arquitecto, Carmelo y Esteban dejaron la zanja mientras Laura e Isidro –éste comiéndose la gorra, con los nervios deshechos– observaron sus siluetas moviéndose en la penumbra.

–En diez minutos los tenemos en el bote –susurró Laura para tranquilizarle–. Aguante un poco.

Lacarra llegó hasta la columna y observó el lugar por donde habían desaparecido don Ramiro y compañía.

–Toda la vida buscando este maldito agujero –murmuró–. ¡A quién se le ocurre excavar pegado a una columna!

–¿Bajamos, jefe? –dijo Esteban.

–Claro que bajamos. ¿Qué quieres, que el obispo se quede con todo? Ya sabía yo que había gato encerrado en lo del secuestro. Éste se ha hecho desaparecer él mismo cuando ha descubierto dónde estaba el tesoro. Todos los curas son iguales, mucho voto de pobreza, pero el brillo del oro los vuelve locos.

–¿Pero no era plata lo que había? –intervino Carmelo.

–No seas bruto, hombre. Cuando digo oro me refiero a la riqueza. Ya ves qué poco le ha costado hacerse ladrón para robar los tesoros de su parroquia. ¡Menudo fariseo! Me pregunto de dónde habrá sacado la información y quiénes serán los que le acompañan.

–Bueno, jefe, ¿bajamos o qué? –repitió Esteban.

–¡No te pongas nervioso! Vamos a bajar, pero con mucho cuidado. Ellos también son tres y pueden ir armados. A saber con qué clase de chorizos se habrá juntado el cura para que le ayuden en este trabajito. Bueno, da igual. ¡Ahora o nunca! Vamos abajo. Tú abres camino –señaló a Esteban–, yo voy detrás y Carmelo el último.

Que vean que somos tantos como ellos, y si no hay más remedio, por lo menos los obligaremos a repartir la plata con nosotros. Si no tragan, a correr y le damos el chivatazo a la policía.

■

Lacarra no imaginaba lo cerca que la policía seguía sus palabras. Aunque hablaba en susurros, el murmullo llegaba hasta el escondite de Isidro y Laura. Para el guardia la sorpresa aún era mayor que los nervios. Ya no le cabía ninguna duda de que la voz anterior era la del obispo, y que no estaba allí a la fuerza, sino dando órdenes a quienesquiera que fuesen sus acompañantes. Eso suponía tanto como decir que no había sido secuestrado: lo había simulado todo para, aprovechando el parón de los días de fiesta, meterse allí con sus secuaces a buscar el tesoro. Isidro se preguntaba dónde habría estado escondido hasta esa noche y qué clase de intereses cruzados mantenía con el arquitecto para que hubiesen coincidido todos allí de esa manera.

–Menuda conspiración –susurró.

–Ya lo creo, Isidro, ya lo creo.

–Tendré que detenerlos a todos.

–¿Al obispo también? –preguntó Laura.

–A ése el primero. Es el que ha organizado todo el follón.

«Nunca en mi vida me va a salir nada igual –pensaba Laura–, esto es mil veces mejor que el *Watergate*; un arquitecto ladrón de obras de arte, un obispo pícaro que busca tesoros, y todos pillados a la vez con las manos en la masa... qué exclusiva, Dios mío, qué bombazo.»

■

Mientras Laura se emborrachaba de gloria y Esteban tanteaba el agujero para entrar en él, Anselmo, Ricardo y el cura seguían a duras penas por el interior del túnel. Para su fortuna, la agobiante escalera de caracol sólo daba tres vueltas a la columna antes de acabar en otro pasadizo un poco más amplio, que se separaba del pilar colándose hacia la derecha.

El obispo esperó a sus compañeros en el ensanche. Ahora el hueco era un poco más ancho, pero también más bajo. Podían avanzar de frente, con la anchura justa de sus hombros, pero tenían que hacerlo agachados.

–Bienvenidos a la alcantarilla –dijo el obispo cuando estuvieron los tres juntos.

Después enfocó hacia el interior para que viesen por dónde seguía el camino: un húmedo túnel construido a base de ladrillos.

–Aquí tenéis una de las viejas alcantarillas árabes que pasaban por debajo de la catedral. Seguramente la escalera adosada a la columna se usaba durante las obras de la catedral, para bajar a por agua. Lamberto la descubriría por casualidad, cuando reformaban el altar mayor, y aprovechó el escondite. Así no tenía que picar. Y además él pensaría que era para poco tiempo.

–Eso está por ver –dijo Ricardo–. A lo mejor aquí no hay más que ratas.

–¡Hombre de poca fe! Ahora mismo vamos a salir de dudas.

Reanudaron la marcha por un túnel que descendía suavemente. Por delante de la luz que manejaba el obispo cruzaron bichos muy diversos, pero ni una sola rata.

–Ratas no hay... –comentó–, a lo mejor cocodrilos.

Tampoco se veía ningún metal, ni ninguna otra cosa que no fueran ladrillos. Tuvieron que recorrer encogidos casi cien metros antes de comprobar que, efectivamente,

Lamberto Garro había sido el primer turista que visitó aquella catacumba.

De repente, cuando la extensión del túnel hacía mella sobre las esperanzas del cura y ya dudaba de que Lamberto hubiera ido tan adentro en su afán por esconder la plata, la luz de la linterna se deslizó fuera de la monótona sucesión de ladrillos y penetró en una cavidad más amplia, donde hacía siglos que nadie encendía un candil.

–¡Ya está! –exclamó el monseñor un segundo antes de entrar—. ¡Ésta tiene que ser la cámara del tesoro!

■

Esteban se arañó la barbilla al deslizarse para llegar al primer peldaño.

–¡Como para entrar después de comer garbanzos! –dijo gruñendo por la estrechez.

Dio unos pasos hacia abajo, lo justo para rodear media columna, y se volvió para esperar a Lacarra. El arquitecto dudó un momento si le convenía adentrarse en un espacio tan claustrofóbico. No era algo que le apeteciera, pero no podía dejar solos a Carmelo y Esteban: alguien tenía que dirigirlos. Además, él era el único que sabía cómo tratar al cura.

Pidió a Carmelo que le ayudara, metió tripa todo lo que pudo y se deslizó dentro del agujero. La presión de la piedra sobre su abdomen le hizo maldecir las muchas cervezas de más que había tomado durante el verano.

–¡Uff! –resopló–. Esto es demasiado estrecho.

Esteban le dijo que estirase los brazos para avanzar mejor y que le siguiera. Lacarra lo intentó. Bajó tres o cuatro peldaños, pero estaba tan comprimido que casi no podía respirar.

–No puedo –dijo en pleno atasco–. No puedo. Esto es estrechísimo.

Esteban volvió unos pasos atrás para animarle.

–Sí, hombre, jefe, claro que puede... ¡a ver esa mano!

En vano Lacarra hizo aspavientos para evitar que Esteban cogiera su mano y tirara de él: no había espacio para esconder el brazo. Esteban le enganchó y tiró con fuerza hacia abajo. Lacarra lanzó los mayores insultos que era capaz de decir sin alzar la voz, pero Esteban no cejó por ello. Tiró con fuerza, hasta que Lacarra se ladeó y quedó aprisionado, medio caído, en una diagonal patética que no le permitía hacer ningún esfuerzo: ni seguir, ni retroceder. De repente estaba bloqueado: perfectamente encajado entre las piedras del túnel, con su estómago haciendo de ventosa que le pegaba a la pared y le impedía intentar cualquier movimiento.

–¡Me asfixio! –murmuró Lacarra con voz de moribundo.

Inmediatamente después se le nubló la vista y se desmayó.

–¡Ahora sí que estamos buenos! –exclamó Esteban–. Va a hacer falta una grúa para sacarlo de aquí.

■

Carmelo estaba agachado, con media cabeza dentro del agujero, intentando adivinar lo que pasaba, cuando una voz le sobresaltó a sus espaldas.

–¡No te muevas! ¡Quedas detenido! –gritó Isidro.

Carmelo se volvió alterado en el mismo momento que el policía le enchufaba con su linterna. Carmelo no vio nada: sólo el foco que le deslumbró. Si hubiese visto la pistola que Isidro empuñaba en la otra mano, quizá no se habría movido. Pero como sólo vio una luz intensa que le cegaba, tuvo un impulso primario y se lanzó de cabeza contra ella.

Sorprendido por el arrebato, Isidro no tuvo valor ni reflejos para apretar el gatillo: recibió el impacto en el estómago y rodó por los suelos estrepitosamente.

Carmelo no se detuvo a mirar qué era aquello que había derribado y que se agitaba a sus pies. Echó a correr a ciegas por la catedral, pensando que ése era un momento tan bueno como cualquier otro para romper la sociedad que le unía a Esteban y Lacarra. Y así hubiese sido, sin testigos ni notarios, de no haber sucedido algo inesperado: de repente, en su loca trayectoria, apareció un objeto a la altura de su cara con el que chocó violentamente. En ese mismo instante perdió el sentido y varios dientes.

Carmelo quedó tendido, sangrando por la boca, mientras Laura le miraba sin soltar el madero con el que acababa de arrearle. «Qué bruta soy –pensó la periodista–, casi lo mato.» Pero el remordimiento le duró poco: urgía socorrer a Isidro, que seguía retorciéndose al pie del altar mayor.

–Estas cosas le pasan por precipitarse –dijo Laura–. Si no llega a ser por mí, se nos escapa. ¡Como me fastidie la noticia, le juro que se va a enterar!

El guardia le hubiese replicado de no haber sido porque aún respiraba entrecortadamente y porque Laura llevaba en la mano su pistola, que acababa de recoger del suelo. «Sólo me falta que ésta también se haya vuelto loca», pensó el policía en su dolor.

■

El obispo Ramiro, exultante, con el corazón a mil por hora, penetró en una especie de gran salón de techo abovedado. Pensaba que al entrar allí la luz de su linterna le devolvería el brillo de los metales preciosos. Pero no vio nada de eso. Al principio sólo vio ladrillos húmedos. Poco después, ya con Anselmo y Ricardo junto a él, distinguió junto a la pared un montón de piezas de metal con aspecto roñoso.

–Si eso es el tesoro, lo mismo nos daba haber atracado una chatarrería –dijo Anselmo, desolado.

Los lingotes, apilados de cualquier manera, no tenían nada que ver con el filón blanco y reluciente que habían pensado encontrar. Más bien parecía un montón de plomo. Como mucho, bronce. Algo que quizá podría despertar la pasión de un fontanero, pero no desde luego la de los hermanos Moreda, que habían entrado allí soñando con encontrar algo parecido a la tumba de Tutankamon.

Pasado el primer momento de desconcierto, el obispo se aproximó al montón y levantó una pieza en sus manos.

–¡No hay que asustarse! La plata oscurece con los años, pero tiene el mismo valor.

–Suponiendo que sea plata –dijo Ricardo.

–Claro que es plata. ¡La plata de Lamberto Garro!

–¿Por qué no le da un mordisco? –sugirió Anselmo.

–¿Un mordisco? –se extrañó el cura–. ¿Te has creído que esto es un muslo de pollo?

–Las monedas antiguas las muerden para saber si son buenas –se justificó Anselmo.

–Pues toma –dijo el cura alargándole el lingote roñoso–. Prueba a ver si está rico.

Anselmo desechó la invitación.

–Da igual. Habrá que fiarse. Pero la verdad es que yo esperaba algo más.

–¡Las apariencias engañan! Yo también parezco un gañán con estas ropas y sin embargo no dejo de ser un obispo. Pues con esto pasa igual. El brillo va por dentro y en cuanto le pasemos un paño os deslumbrará.

–Tendrá que ser un paño de lija –dijo Ricardo–. Pero bueno, esto es lo que hay y ya no podemos arriesgarnos más. Por poco que valga, seguro que nos darán más que por un cura.

–Vais a sacar mucho más de lo que os merecéis, pero lo doy por bien empleado. Aunque fuese contra vuestra voluntad, gracias a vosotros descubrí la tumba de Lamberto.

–Bueno, aquí se acaba la colaboración –cortó Ricardo, esgrimiendo la mochila vacía que había bajado con él–. Nosotros vamos a cargar lo que podamos llevarnos y el resto se lo puede quedar... ¡pero como nos den cuatro perras por esto, volveremos a pedirle más!

–Contra el vicio de pedir está la virtud de no dar.

–¡De eso nada! –exclamó Ricardo–. La Biblia dice «pedid y se os dará», que yo también he sido monaguillo. No me venga con cuentos que aún podemos acabar muy mal.

–¿Peor de lo que empezamos?

–Mucho peor. Así que escuche y obedezca: nosotros nos vamos y usted se queda aquí y no se mueve en una hora. No intente salir. Le cogeríamos otra vez. Yo me quedaré de guardia en la puerta mientras mi hermano busca un coche para escapar. Cuando pase ese tiempo, sale, se va al ayuntamiento, a la policía o donde le dé la gana y cuenta que se ha escapado. Puede decir que le mandó secuestrar el arquitecto porque descubrió que sospechaba de él. Dígales que le tenían aquí retenido, que se ha fugado aprovechando un descuido de sus guardianes y que vengan corriendo a custodiar la plata antes de que se la lleven. ¿Entendido?

–Más o menos.

–Adorne la historia para que se la crean. El caso es que nosotros no debemos aparecer por ningún lado. Nos debe ese favor.

–Mucho sacrificio es pedirme que mienta.

–Mayor sacrificio sería atarle aquí y que no saliese en muchos meses.

–Eso también es verdad –reaccionó veloz el obispo–. Y después de todo, la mentira piadosa ni siquiera es pecado venial.

–Pues eso, rece por nosotros que es su obligación.

Anselmo llenó la mochila de lingotes mientras su hermano daba las instrucciones finales al rehén. Acabó en seguida. Pesaba tanto que debían llevarla entre los dos.

–Le dejamos los picos –dijo Ricardo como despedida.

–Gracias, es un detalle muy bonito.

–Si no nos denuncia, algún día vendremos a visitarle –dijo Anselmo, más cordial en las despedidas.

–Venid cuando queráis. Ha sido una experiencia dolorosa, pero muy interesante.

El obispo se quedó sentado sobre un montón de lingotes mientras Anselmo y Ricardo desaparecían por el pasadizo arrastrando la mochila con dificultad. Apenas habían recorrido unos metros cuando Anselmo, que iba delante, se detuvo.

–Me ha parecido oír ruidos.

–Será el rumor de la calle –dijo Ricardo.

–¿Tú crees? ¿A tanta profundidad?

–Venga, sigue y vámonos de aquí cuanto antes.

Anselmo arrancó otra vez, pero con la duda a cuestas.

–Me ha parecido como si se oyesen voces –murmuró.

Pero su hermano tenía demasiada prisa para hacerle caso.

■

Esteban comprendió que pasaba algo grave al oír ruidos arriba. Carmelo no respondía. Por más que le llamaba pidiendo que tirase de Lacarra para desencajarlo, no obtenía ninguna respuesta.

«A ver si le ha entrado miedo y nos deja aquí colgados», pensó preocupado. Tardó unos segundos en comprender que el silencio de Carmelo tenía otro origen.

–¡Atención los de abajo! –oyó gritar–. ¡Aquí la policía! ¡Salgan todos con las manos en alto!

«De perdidos, al pozo», pensó Esteban cuando escuchó la voz de Isidro. Si ese agujero tenía una entrada, también podía tener una salida. Era su única esperanza de escapar. Por lo menos Lacarra bloquearía el camino a los perseguidores.

Bajó hasta el final de la escalera y luego se metió por el túnel de ladrillos. Por allí avanzaba cuando observó un resplandor. Apagó su linterna y se quedó quieto. La luz de enfrente también se detuvo y de ella salió una voz.

–¿Hay alguien ahí? –gritó Anselmo.

Esteban tardó unos segundos en comprender que su situación, vista desde cualquier sitio, era muy comprometida. En pleno apuro, se le ocurrió repetir la fórmula que acababa de escuchar para ver si con otros también funcionaba:

–¡Aquí la policía! –gritó Esteban–. ¡Salgan todos con las manos en alto!

Funcionó. Anselmo y Ricardo se quedaron paralizados al oír la voz, dieron media vuelta y echaron a correr hacia dentro a toda la velocidad que les permitía la mochila cargada de metal.

«Otros que tampoco van de legales», pensó Esteban mientras echaba a andar detrás de ellos. Los pensamientos de Anselmo y Ricardo eran mucho más negros y no bajaban de los diez años de cárcel.

–Como el cura no ayude –comentó Ricardo sin dejar de correr– la hemos pringado del todo.

Cuando el obispo Ramiro los vio entrar de nuevo, arrastrando los lingotes, sospechó que algo iba mal.

–¿Qué pasa, no había taxis libres? –dijo con su mejor sonrisa.

–Diga que somos sus amigos, que le hemos ayudado a liberarse, que toda la culpa es del arquitecto, que el tesoro lo hemos encontrado nosotros... por su madre, ¡ayúdenos que viene la poli!

Ricardo hablaba tan rápido, cogiendo al cura de la camisa y zarandeándole, que era difícil entenderle. El obispo entendió algo más cuando notó que otra linterna se aproximaba por el pasadizo.

Los tres se volvieron y miraron expectantes hacia allí. En lugar del tropel de hombres uniformados que esperaban ver, apareció un joven con poco aspecto de agente de la ley.

Esteban estaba obligado a seguir en el papel que acababa de adoptar. Y para ser del todo convincente, intentó repetir lo que había escuchado en las películas en casos así.

–Esto... –titubeó–. ¡Quedan todos detenidos! Tienen derecho a hablar, pero si guardan silencio podrán llamar a un abogado... eeh... ¡ah! También tienen derecho a permanecer callados en presencia de su abogado... Bueno, ¡ya está! Entréguense, ¡es una orden!

Anselmo, Ricardo y el cura le observaron detenidamente y luego se miraron entre ellos. Aparte del galimatías que acababa de soltarles, el tipo en cuestión no sólo no llevaba uniforme, además la única arma que esgrimía era una linterna. Pero eso no le acobardaba.

–¡¿No han oído?! Pues obedezcan. Ahora se van a meter en fila por este túnel y van a salir por donde han entrado. Allí esperan mis compañeros. ¡Venga, a mover el culo! –añadió pensando que quizá convenía ponerse un poco más duro.

«Me secuestran unos inútiles y viene a liberarme un palurdo –pensó el obispo Ramiro–, desde luego, qué poca consideración para mi categoría.» Ricardo pensó otra cosa: dedujo que aquel individuo podía ser un pocero, un arqueólogo o el fantasma de la catedral; cualquier cosa menos policía. En consecuencia, cogió un pico y se encaró con él.

–¡Pon las manos en la cabeza, que a mí no me la das!

Esteban opuso mucha menos resistencia de la que cabía esperar de un policía: soltó la linterna y obedeció inmediatamente.

–Bueno, bueno –tartamudeó–. No usemos la violencia que es peor.

Ricardo no bajó el pico, por si acaso. Mandó a su hermano que le atara. Anselmo lo hizo con el cinturón y los cordones del propio Esteban. Cuando estuvo maniatado, Ricardo se apresuró a interrogarle. Así supo que trabajaba para Lacarra, que el arquitecto se había quedado atravesado en medio de la escalera y que la policía llegaría hasta allí en cuanto pudiesen desatascarlo.

–¡Ya sabía yo que ese Lacarra era malo! –exclamó el cura al oír la confesión.

–Y ya sabía yo que íbamos a tener problemas –exclamó Ricardo–. Hay que buscar otra salida, rápido.

Aunque el cura prometió que sería benigno con ellos, Ricardo y Anselmo ya no confiaban ni en la divina providencia. Recorrieron con las linternas todos los rincones del lugar donde se hallaban, buscando algún recoveco por donde continuase el túnel.

–Ahí, junto a los lingotes –señaló Anselmo.

Sólo se veía un pequeño agujero, pero Ricardo empezó a tirar barras de metal al suelo, hasta agrandarlo y comprobar que ése era el lugar por donde proseguía la antigua alcantarilla.

Cuando el hueco fue bastante grande para colarse, los dos hermanos desaparecieron por él. No se despidieron, ni se molestaron en llevarse su parte del botín. Sólo cogieron los picos: su única prioridad era salir de allí.

«Desde luego, estos chicos no son buenos negociantes», pensó el sacerdote cuando los vio desaparecer. Y además la suerte no estaba de su lado: apenas recorrieron unos metros por el nuevo túnel cuando se encontraron con un derrumbe tras el que asomaba otra pared de ladrillos que les cerraba completamente el paso.

–Hay que pasar por aquí como sea –exclamó Ricardo.

Ahí era donde tenían que funcionar los picos. Al menos el desplome había dejado espacio suficiente para que picaran los dos. Y lo hicieron con ganas.

El paño de ladrillos que aparecía detrás era de otra calidad. Muy antiguo, pero no tanto como las paredes de la alcantarilla. Sin duda se trataba de una obra posterior que había interrumpido el cauce de la vieja conducción árabe. Tal y como pasaba en el otro extremo, en la catedral.

–Sabes lo que estoy pensando... –dijo Anselmo–. Creo que por lo que hemos andado bajo tierra podemos estar cerca del convento de San Francisco. No me extrañaría que esto saliese a los sótanos del convento.

–Eso mismo estaba pensando yo –dijo Ricardo sin dejar de picar–. ¡Más nos vale que sea así!

La posibilidad de encontrar una vía de escape a través del viejo convento, unida a la mala calidad del muro que intentaba derribar, le dieron fuerzas para golpear más duro. Con furia. Hasta que se quebró un trozo de pared y observó que entraba luz por una rendija.

–¡Luz! –exclamó–. ¡Hay luz! ¡Estamos salvados!

El siguiente golpe lo dio con tal saña que media pared se vino abajo y de repente todo se iluminó. Anselmo y Ricardo cerraron los ojos instintivamente. Cuando los volvieron a abrir se encontraron con una escena inesperada: a través del boquete vieron dos camastros, un fluorescente, unos barrotes y, al fondo, cuatro hombres vestidos de azul que los miraban atónitos, pistola en mano.

–¡No se muevan! –gritaron todos a la vez, encañonándolos.

No tenían aspecto de monjes de clausura. Entonces fue cuando Anselmo y Ricardo recordaron que junto al convento estaba el cuartelillo de la policía municipal. Aquél era, precisamente, su viejo calabozo.

–¡Somos inocentes! –gritó Anselmo levantando las manos.

–Ya lo creo que somos inocentes –murmuró su hermano, súbitamente deprimido.

■

Isidro todavía estaba gritando junto a la columna, exigiendo a los de abajo que saliesen sin oponer resistencia, cuando se presentaron en la catedral dos de sus agentes para comunicarle que, sorprendentemente, cuatro hombres habían aparecido en las profundidades del cuartelillo, en pleno calabozo. Y lo más llamativo era que uno de ellos era nada menos que el obispo Ramiro, que además decía haber descubierto un tesoro.

–Qué me va a decir usted a mí, hombre –contestó Isidro, enfadado–, si llevo toda la tarde detrás de ese asunto.

Mandó a sus hombres que recogieran a Carmelo,

todavía conmocionado, y se dirigió a toda velocidad hacia el cuartelillo, con Laura pegada a sus talones.

La periodista consiguió que Isidro le permitiera estar presente en la conversación con el obispo Ramiro.

El cura se encaró con el jefe de la policía cuando éste le insinuó que aclarase sus movimientos de los últimos días. Isidro recibió un auténtico chaparrón del sacerdote.

–¡Parece mentira, Isidro, que trates así a tu obispo! –exclamó–. Mejor harías en poner a buen recaudo a Lacarra que es el que tiene la culpa de todo.

Después de escuchar la cólera del obispo y sus explicaciones apresuradas sobre el tesoro y la maldad del arquitecto, Laura se lanzó sobre un teléfono y llamó al periódico. Explicó lo que había pasado y dictó los titulares para que preparasen la primera página mientras ella redactaba una crónica de urgencia en una máquina de escribir que le cedían los municipales.

–Aparece el obispo de Tarazona y con él un tesoro. El arquitecto Rodríguez Lacarra, implicado en el secuestro, robaba obras de arte en la catedral. Una reportera de nuestro periódico participa en el rescate del prelado turiasonense. Su director, sin embargo, no se digna a pagarle el hotel. Bueno, esto último no lo pongáis, pero decídselo al jefe para que se entere.

Poco después, mientras Laura escribía su crónica y un equipo de la Cruz Roja intentaba desencajar a Lacarra, Esteban era interrogado por Isidro, Carmelo recibía asistencia médica y el obispo era atendido solícitamente por varios concejales que se habían acercado al conocer la noticia.

Decenas de personas entraban y salían de las dependencias policiales. Entonces fue cuando Anselmo y Ricardo, que habían permanecido silenciosos y cariacontecidos, sentados en un rincón, se dieron cuenta de que, cuanta más gente había, menos se fijaban en ellos.

Después de su aparición estelar, se habían excusado diciendo que trabajaban para el obispo. Luego, la aparición del cura, del arquitecto y del tesoro habían propiciado tal revolución en el cuartelillo que todo el mundo parecía haberse olvidado de ellos.

–Me parece que pasan de nosotros –susurró Ricardo.

–Eso estaba pensando yo –confirmó su hermano.

–¿Ves esa puerta?

Anselmo asintió.

–Levántate y sal tranquilamente. Si no te para nadie, detrás voy yo.

■

Quince minutos después, Anselmo y Ricardo Moreda caminaban campo a través en dirección a Tudela. Atrás dejaban una ciudad en fiestas, de la cual se oía el ruido de las ferias en muchos kilómetros a la redonda. También habían perdido su parte del tesoro, todo su equipaje, la furgoneta alquilada para dar el golpe y sus esperanzas de solucionar sus gravísimos apuros económicos. Sin embargo, no les faltaban motivos para estar contentos.

–Menos mal que el cura no ha dicho nada –dijo Anselmo.

–Espera a que se le pase la euforia del tesoro y ya verás cómo larga.

–Bueno, por lo menos estamos libres.

–Sí, pero con eso no se pagan las deudas.

–Ya; precisamente estaba pensando que Oreste me comentó lo fácil que es hacer chantaje a empresas de alimentación.

Antes de llegar a Cascante, Anselmo y Ricardo ya habían perfilado un plan para sacar dinero fácil y sin riesgos de una gran industria de productos lácteos. Viendo cómo se comportaban los rehenes, era mucho más sencillo dedicarse a los yogures.